# ヴィーナスは天使にあらず



赤川次郎

角川文庫
22820

ヴィーナスは天使にあらず　目次

# ヴィーナスは天使にあらず

# 1　秋深し

芸術の秋。

マリとポチも、たまには「芸術の香り」に触れようと、K美術館の前に来ていた。——というのはもちろん嘘で、

「あのソーセージが一番安い」

と、マリが手にした硬貨を数えて、「三本買えるから一本半ずつにしよう」

「俺が二本で、お前は一本だ。それが常識だぜ」

と、ポチが主張した……。

——外見は十六、七の少女、マリは、実は天国から地上に研修に来ている天使。

一緒にいる黒い犬のポチは、成績不良で地獄から叩《たた》き出された悪魔である。

たまたま一緒に旅することになった二人だが、実体は少女と犬。疲れもするし、腹も空《す》く。

自分で稼がなければ、天国から給料は出ないので、ともかくいつも懐は空っぽ同然。

K美術館の前を通りかかると、休日のせいで、客は外まで行列を作っていた。その行列を狙って、焼きそばや焼きトウモロコシの屋台が並んでいるのだ。

中で一番安かったのが、串《くし》に刺したソーセージ。

三本買うと、手持ちのお金はほとんどゼロだったが、仕方ない。今はともかく目の前の空腹を満たすのが先決だ。

「おいしい！」

と、マリがソーセージをかじりながら息をつく。

「こんなもんしか食えねえなんて、情ないぜ全く」

と、ポチはグチっている。

「文句言うなら、自分で稼いでらっしゃい」

「犬がアルバイトしてたらおかしいだろ」

二人の会話は、人間からすると、女の子と吠《ほ》える犬、としか聞こえない。マリにはポチの言葉が聞き取れるのである。

「おい、もう一本」

「じゃあ……私が三分の一」

マリとしても、一本のソーセージをこんな風に奪い合うのは天使にふさわしいとは思えなかったが、何しろ空腹は差し迫った問題だった……。

ともかく――アッという間に、三本の串だけが残った。

「まだいくらでも入るぞ」

と、ポチが言った。

「仕方ないでしょ。何とか仕事を探すから、我慢してよ」

マリは三本の串を手に、「これ、捨ててくるわ」

「その辺へ放り投げとけ」

「だめよ。ちゃんと屑《くず》入れに捨てないと」

やはりそこは天使である。美術館の傍の屑入れまで行って、串を捨てる。

「手がベトベトだ……」

串の油が手に付いてしまっていた。

どこか、手を洗うところ、ないかしら。

キョロキョロしていると、

「そら」

ヒョイと手が出て来て、ウエットティシューを差し出してくれた。

「あ……。すみません！」

両手をていねいに拭《ぬぐ》って、「どうもありがとう……」

白髪にツイードの上着。ベレー帽を斜めにかぶった、七十歳ぐらいかと思える紳士だった。――きっと絵の好きな人なんだわ。

「絵を見に来たのかね？」

と訊《き》かれて、

「え……。いえ、そういうわけじゃ……」

「興味がないか」

「そうじゃないんですけど、やっぱりお腹が空いてると、あんまり芸術の方とかは……」

「それはそうだね」

と、その紳士は笑って、「では、お腹が一杯になったら、絵を見てもいいと思うかい？」

「ええ、それはもう。――天国にはダ・ヴィンチさんとかラファエロさんとか、いらっしゃいますし……」

「何だって？」

「いえ、何でもありません！　すみません、連れが待ってるので」

と言っていると、ポチが、

「おい、そいつ、金がありそうじゃねえか」

と言いながらやって来た。

「君の飼犬かね？」

「というか……道連れなんです」

「面白い子だね、君は。——よし、まず君のお腹を満たしてあげよう。その後で、絵を鑑賞する。どうだね？」

「はあ……。でも……知り合いでもないのに、私……」

「年寄りの趣味さ。その先のレストランなら、犬を中庭に置いておける」

「おい！　こっちも食わせろよ！」

「分ってるから、静かにして！」

マリはポチをにらんでやった。


しかし、結局……。

マリは絵を見に行かなかった。

歴史のあるその洋食屋で、マリは（ポチも）たらふく食べて、お腹が一杯になると、今度は眠くなってしまい、上下の瞼《まぶた》が今にもくっつきそうになった。

「じゃ、うちにおいで」

と、その紳士に言われたのも夢かうつつか……。

何とかベッドに潜り込むと、そのままぐっすりと寝入ってしまった。ポチもそのベッドの足下で「ファー……」と寝息をたてたのだった……。

そして——翌日、昼過ぎになって、マリはやっと目を覚ました。

「ここ……どこ?」

あまりに立派な寝室に、一瞬焦った。どこかの屋敷に忍び込んだのかと思ったのだ。

「ああ……。そうだ。美術館の前で……」

思い出してホッとした。

ベッドの下を覗《のぞ》くと、ポチがまだ口を半分開けて眠っている。

「いけない。服のまま寝ちゃった」

もともと、パジャマなんか持っていないが、それにしても……。

そこへ、ドアが開いた。

「あら、目が覚めた?」
十七、八だろうか、コロコロと良く太った女の子が顔を出した。
「あ……。どうも。マリといいます」

「おじいちゃんから聞いたわ。面白い子が寝てるよ、って」

「あの方のお孫さん……」

「ええ。黒河静《くろかわしずか》っていうの。──ね、着替えって持ってないの?」

「すみません……。ベッド、汚しちゃったかも」

「構わないのよ。ね、そのクローゼットに、下着も服も揃ってるから、適当に着ていいわ。その奥のドア、バスルーム。お風呂《ふろ》に入りたいでしょ」

「でも、そんな……」

「ここ、私の部屋なの」

「そうですか！　すみませんでした！」

「いいのよ。ゆっくり仕度して下りて来て。おじいちゃん、あなたに用があるらしいから」

と、その娘は行きかけて、「——その犬、ポチっていうんだっけ？」

「一応。——当人はその名前、気に入ってないみたいですけど」

静は笑って、

「本当に面白い人ね！　じゃ、後で」

と、ドアを閉めて行った。

ここまで来て遠慮しても仕方ないか……。

マリは思い切り大きな欠伸《あくび》をした。

シャワーを浴び、出て来てクローゼットを開けると、

「凄《すご》い……」

ズラリと服が並んでいる。

下着から、スカート、シャツまで、適当に選んで着ると、さっきの子のものだけに、サイズが大きい。

それでも何とか恰好《かっこう》のつくようになると、

「ポチ！　もう起きな」

「起きてらあ」

と、ポチも欠伸している。「何だ、でかすぎるんだな」

「笑わないで。人の親切には感謝しないと」

廊下へ出て、広い階段を下りて行く。

「えらく金持なんだな」

と、ポチが言った。

「ねえ。——ゆうべ上って来たはずなのに、全然憶《おぼ》えてない。半分眠ってたのね」

階段を下りて、大きく開いたドアから中を覗くと、

「やあ、おはよう」

と、昨日の紳士が笑顔で手を振った。


「いい絵ですね……」

と、マリは言った。

別に、世話になったから言っているわけではない。

一日遅れだが、約束通り美術館へやって来た。むろん、あの紳士に連れられてだ。

ポチは、

「絵なんか見たって、腹が一杯になるわけじゃねえ」

と言って、寝ていることにした（来ても入れなかったろうが）。

マリは、天国でも色々な画家と会っているので、一応いい絵をいいと感じることはできる。

美術館の一角に、〈特別展示〉のコーナーがあった。

「〈黒河岐広《みちひろ》特別展〉……。え？」

マリはそこのパネルの写真を見て、目を丸くした。その紳士当人だったのだ。

「画家でいらしたんですね……」

と、マリは恐縮して、「何も知らなくてすみません」

「よろしく。黒河岐広だ」

と、紳士は微笑んで、「君の感想を聞かせてくれ」

と言った……。

## 2 火花

「とっても……素敵です」

どう言っていいか分らず、マリはそう言って、「あの……素人なんで、私」と付け加えた。

「ありがとう。思った通りに言ってくれればいいんだよ」

と、画家は穏やかに肯《うなず》いた。

マリは、こういう世界には詳しくないが、それでもこの黒河岐広という人が、かなり「偉い画家」らしいということは分った。

こうして美術館の中で〈特別展〉が開かれているだけでも大したものだ。そして——実際、お世辞ではなく、マリは黒河の絵に感動した。

まず、それはわけの分らない四角や三角の組合せではなく、「普通の絵」だった！　描かれた女性はちゃんと女性だったし、花も果物も、それらしく見えた。

といって、どれも決して古くさい絵ではなく、構図や色彩は新鮮で、マリの目にもモダンに見えた。

マリが素直に感想を述べると、

「いや、君の意見は正しいよ。というより、そう見てくれたことが嬉《うれ》しい」

と、黒河は言った。

「そうでしょうか……」

「泊めてあげたからといって、お世辞を言う必要はないんだよ」

「はい……。天使は、そういう嘘をついちゃいけないことになっているので」

「天使？」

「いえ、何でもありません」

と、あわてて言った。

「いや、しかし君は本当に天使のようだ。そう言われないか？」

「いつも汚ない恰好してるんで、誰も言ってくれません」

黒河は笑って、

「その『天使くん』が、どうして犬を連れて放浪してるんだね？」

と訊いた。

「これは……その……研修なんです。人間界に慣れるというか……」

マリがそう言いかけたとき、黒河は足を止め、急に厳しい表情になった。

黒河の視線を追うと——。

そこに立っていたのは、奇妙な黒いマントをはおって、目深に帽子をかぶった、細身で長身の男だった。顔がほとんど隠れているので、若いのか年寄りなのか分らない。

ステッキを両手で突いて、じっと黒河を見つめているようだった。

そして、そのマントの男の後ろに、半ば隠れるようにして、色白な若い女性が立っていた。

「――黒河」

と、その男が、少しかすれた声で言った。「お前の絵は一向に進歩しないな」

「君に言われる筋合はない」

と、黒河は静かに言った。「ちゃんと入場料を払って入って来たのか？」

「もちろんだ」

男は若い女性の方を振り向いて、「彼女の分もな」

「君が連れて来たのだろう。君が払って当然だ」

その男の視線がマリへと向いて、

「その娘が〈ヴィーナス〉か？」

と訊いた。

〈ヴィーナス〉って、何のことだろう？

「ふさわしいと思わないか？」

と、黒河が言った。

「ただの子供じゃないか」

「そう見えるか。君には見る目がない」

「まあ、干渉はしない」

と、男は肩をすくめて、「俺の〈ヴィーナス〉はこの子だ」

黒河が初めて動揺した様子を見せた。

「――本当か、アンヌ」

「ええ、本当よ」

と、その女性は黒河に向って挑むように、「私は杉崎《すぎさき》さんの〈ヴィーナス〉なの」

「そうか……」

黒河は深く息をつくと、「それなら好きにしろ。杉崎、アンヌを苦しめるなよ」

「苦しめるどころか……。アンヌは喜びに身を任せているよ」

嘲笑《あざわら》うように言うと、杉崎という男は、「では――一か月後を楽しみにしているぞ」

と言い捨てて、アンヌという女性を促し、行ってしまった。

マリは、杉崎が立ち去った後、その辺りに何か暗い影のようなものが漂っているのを感じた。天使としての感覚だった。

「――黒河さん」

と、マリは言った。「今の人は……」

「同業の画家だよ」

と、黒河は言った。「私の二つ三つ年下かな、確か。しかし、年齢も生い立ちもよく分らない、ふしぎな男なんだ。杉崎靖夫《やすお》という」

「アンヌさんという人は……」

「あれか。──アンヌは私の娘だ」

マリはちょっとびっくりした。

「娘さん？」

「うん。もちろん静の母親ではない。今、たぶん二十八になると思う。二度めの妻との娘だ。初めの妻との間に生まれた娘の子が静でね」

「はあ……」

「だが、どうも私は結婚運に恵まれていない男らしくて、初めの妻も、二度めの妻も早くに亡くしてしまった……」

黒河は、

「紹介しよう」

と、女性の肖像画が並んだ所へマリを連れて行き、「これが初めの妻、隆子《たかこ》だ。隣の金髪の女性が、ミレーヌ。フランス人でね、二度めの妻だ」

「アンヌさんのお母さんですね」

「そう。──もう一人の肖像は、隆子の娘、紹子《あきこ》だ。静の母親だよ」

「この方は──」

「これは生きている。そこにいるよ」

気が付くと、スーツ姿の四十過ぎかと思える女性が立っていた。

「お父さん。アンヌさんが……」

「うん。聞いていたか」

「どうして止めなかったの？」

「もう子供ではない。私がどう言ってもむだだよ」

「でも……」

「杉崎の正体に、いずれアンヌも気付くさ」

と、黒河は言って、マリの肩を叩くと、「どうだ、紹子？　この子は掘り出しものだと思うんだが」

「お父さんが気に入れば、それでいいわよ」

紹子はマリへと歩み寄ると、「父から聞いたわ。その若さで放浪してるんですってね」

「色々事情がありまして」

どう説明したって、信じちゃもらえないだろう。

「でも……そうね」

と、紹子はじっとマリの目を覗き込むように見て、「確かに、あなた、とてもきれいな目をしてるわ」

「そうだろう？」

と、黒河が嬉しそうに、「お前がそう言ってくれると、自信がつくよ」

「あら、お父さんはいつだって自信満々に見えるけど」

「それは外見だけだ。内心は繊細で傷つきやすいんだぞ」

と、黒河は言って、「ここの喫茶でお茶でも飲もう。どうだね?」

「おいしいですね」

と、美術館のティールームでチーズケーキを食べながらマリは言った。「——あ、そういえば……」

「何だね」

「さっき、杉崎さんと話しているとき、『ヴィーナスがどうこう』とおっしゃってましたけど、あれはどういう意味ですか?」

「あら、お父さん、マリさんに何も話してないの?」

と、紹子が紅茶を飲みながら言った。

「いや、帰ってから、ゆっくり話そうと思っていたんだ」

と、黒河は言った。「今度、青山《あおやま》に新しく美術館が作られることになったんだ。名称はまだ正式に決っていないが、ともかく、かなりの規模の建築になるだろう」

「いいですね」

「そこの正面ロビーに、〈ヴィーナス〉の壁画が描かれることになった。その壁画を誰に任せるか、大きな話題になっている」

「それで〈ヴィーナス〉ですか。黒河さんが描くことに？」

「いや、それは分らない。参加する画家は、まず油絵で下絵になる〈ヴィーナス〉像を描いて提出しなくてはならない。そして、提出された作品の中から投票で一点が選ばれ、それをもとに壁画を描くことになるんだ」

「へえ。――じゃ、あの杉崎さんという人も参加するんですか。そのモデルがアンヌさん……」

「そういうことだ」

「でも……黒河さん、私のことを〈ヴィーナス〉だと……」

「そう。君をぜひ〈ヴィーナス〉のモデルにして描きたい。どうかな、モデルになってもらえるかね」

「はあ……」

マリは少し迷ったが、「天使が芸術活動に協力してはいけないという規則はありませんから……」

「それはありがたい！　もしだめなら、私が天国へ行ってかけ合うよ」

「人間は一度行くと戻って来られませんから、だめですよ！」

と、マリがあわてて言った。

「面白いわね、マリさんって」

と、紹子が笑って、「本当の天使みたい」

本物なんですけどね、とマリは思った。

モデルになるのなら、その間は食べるに困ることはないわけだ、とマリは現実的なことを考えていた。

「お父さん、何か具体的な考えはあるの？」

と、紹子が訊く。

「〈ヴィーナス〉の絵のことかい？　細かいことはこれからだが、大まかなイメージはあるよ」

「〈ヴィーナスの誕生〉みたいな？」

「そうだな。そのテーマを、いかにして現代によみがえらせるか、だろう」

「私なんか〈ヴィーナス〉に見えます？」

と、マリは訊いた。

「君のような少女がいい。初々しくてね。豊かな自然と人間文明とが調和した中に立つ少女……。いいと思うがね」

「私、どんな恰好で立ってればいいんですか？」

った……。

「もちろん生まれたままの裸だよ」

「は……」

チーズケーキの最後の一口をフォークに刺して、口へ持って行こうとしたマリの手が止った……。

ポチはお腹を抱えて笑い転げた。

といっても犬だから、文字通りというわけではないが、それでもかなりその状態に近かった。

「ちょっと！」

と、マリはポチをにらんで、「いい加減にしてよ！」

「だってよ……。ヌードって聞いたときのお前の顔を想像すると……。これが笑わずにいられるかって！」

と言って、ポチはさらにしばらく大笑いしていたが、やがてやっと息をつくと、「――あの画家先生のアトリエに、ぜひ俺も入れてもらおう」

「叩き出してやる」

「へへ……。どうせ絵ができ上りゃ、たっぷり、お前の裸が拝めるってことだな」

「人の気も――天使の気も知らないで」

と、マリは口を尖《とが》らした。

「だけど、たいてい絵の中の天使は、羽があって裸じゃねえか」

「あれは画家の想像だから。小さい子供に描かれてるでしょ。十六、七の女の子の天使なんて見たことない」

――マリとポチは、古い館を改装したレストランの中庭にいた。

もちろん、黒河岐広画伯に連れて来てもらったのである。庭があって、そこで犬も駆け回ることができる。

「――ごめんなさいね。おじいちゃん、遅くなって」

と、黒河静が庭へ出て来て言った。「もうすぐ着くって、連絡があったわ」

黒河岐広は、娘の紹子と、美術展についての会合に出席していて、このレストランでの待ち合せに遅れているのである。

「大丈夫です。そんなにお腹空いてるわけじゃないので」

と、マリは言ったが、ポチはそっぽを向いて、

「俺は空いてるぜ」

と言った。

マリも、「お腹空いてない」と言うことなんか、めったにないので、そう口に出すのに努力を要した。

「おじいちゃんが無理なお願いして、びっくりしたでしょ」

と、静が言った。

「はあ……。静さんがモデルになればいいのに」

「私はだめよ！　この体型じゃね」

静はポンと自分のお腹を叩いて笑った。その明るさはマリの気持も明るくしてくれる。

「でも、私だって……。大体、いつも空腹なんで、やせてますよ」

「大丈夫。おじいちゃんは大ベテランよ。服を着てても、ちゃんと体つきが分る」

「はあ……。あ、服っていえば、買っていただいちゃって、すみません」

「いいのよ。だって、私の服じゃ、ブカブカでしょ」

紹子が付き添ってくれて、マリのために下着からワンピース、ジーンズまで、何枚も買ってくれたのだ。天使が人間の財布に甘えるのは望ましくないが、黒河は、

「これはモデル料の先払いだ」

と言ってくれて、マリもそれなら、と受けることにしたのだ。

しかし、こうなると、もはやモデルを断れる状態ではなくなっていた……。

「あの……アトリエって、あのお屋敷の中ですか？」

「ええ、庭に別棟で建ってるわ。でも、おじいちゃん、今度の〈ヴィーナス〉は、自然の光の下で、屋外で描きたい、って言ってるわ」

「屋外……ですか」

マリが目を見開くのを、ポチが笑って、

「いいぞ！　大勢見物人を集めてやる」

「もう！」

と、マリがポチをにらんだ。

「どうかした？」

「いいえ、別に……」

どうしよう！　大天使様に相談した方がいいだろうか？

そこへ、

「やあ、待たせてすまない」

と、黒河が庭へ出て来た。

「いいえ、大丈夫です……」

「いい庭だろ？」

と、黒河は、照明に浮び上った庭園を見渡して、「昼間、日が射すと、花がきれいでね。

——ここで描きたいと思ってるんだ」

「ここで……ですか」

マリは、この庭に裸で立っている自分を想像すると、恥ずかしくて死にそうだった。

そのとき、

「お父さん」

と、紹子が出て来た。「アンヌさんが……」

「何だって？」

振り向くと、アンヌが、あの杉崎と一緒に立っていた。

「話は聞いたよ」

と、杉崎が言った。「残念だったな。この庭は俺が借り切っている」

「何だと？」

「ここのオーナーと親しいんだ。むろん金を払って、ここで描かせてもらう。アンヌの裸体をね」

黒河はアンヌをじっと見つめて、

「――そうか」

と肯いた。「分った」

黒河が杉崎を見る。――マリは、二人の視線がぶつかって火花を散らすのを見たような気がした。

黒河の体に、気迫が漲《みなぎ》ってくるのが感じられた。

この人、今度の〈ヴィーナス〉に命をかけてる。

マリはそう感じた。

「──では、食事にしよう」

と、黒河は穏やかに言った。「杉崎、君もか」

「俺はアンヌと上の個室で食べる」

「そうか。──では、また会おう」

アンヌは無言で、じっと目を伏せていた。

アンヌと黒河。──この父娘の間に何があったのだろう？

ともかく、アンヌも黒河も、複雑に入りくんだ思いを抱えているのは確かなようだった
……。

マリは、ポチを外に残して、黒河と紹子、静と四人でテーブルについた。

ガラス越しに庭が見通せる。ポチが、じっとマリをにらんで、

「俺の食いものも頼め！」

と訴えているのが分った。

高級フレンチを食べる犬なんている？

メニューを見ようとして、マリは、

「黒河さん」

と言った。

「——何だね？　フレンチは苦手か？」

「いえ、そうじゃなくて……」

マリは、ちょっと息をついて、「私——モデルになります。外ででも、どこででも描いて下さい。あなたの満足できるように」

と言った。

黒河は一瞬黙ったが、メニューをテーブルに置くと、

「ありがとう」

と言って、頭を下げた。

「いえ、こちらこそ。描いていただければ幸せです」

マリの言葉に、黒河は安堵《あんど》したように微笑んだ。紹子もホッとしたように、

「マリさん、ありがとう。父はきっといい絵を描くわ」

と言った。

「はい」

「それじゃ……料理を見ようか」

黒河は、そう言ってメニューを広げた。

# 3　光と影

「おじいちゃん」

と、静の声がした。「もう二時だよ」

黒河は手を止めると、

「もう二時か？——つい、時間を忘れてしまった。休もう」

そう言われて、マリはホッと緊張が緩んで急いで傍の椅子に掛けてあったバスローブを取って、はおった。

「寒くないか？」

と、黒河は訊いた。

「大丈夫です。今日は日射しがあるし……」

と、マリは言った。

静が盆を手にやって来て、

「サンドイッチ作った、食べて」

「ありがとう」

と、マリは言った。「あの……」

「大丈夫。ポチにもちゃんとあげて来たから」

「ごめんなさい。私一人で何か食べてると機嫌悪いの、あいつ」

「本当に面白いわね、あなたたち」

と、静が笑って言った。「さ、紅茶が冷めない内に」

――芝生に置かれたテーブルと椅子。

ここは黒河が頼んで知人から借りている庭だ。

ここで、マリは黒河のモデルになっている。「生まれたままの裸」で。

もちろん、初めて黒河の前で裸になるときは恥ずかしかった。しかし、色々ポーズをつけられている内に、黒河にとっては自分はただの「素材」なのだと分って来た。

「もう少し胸を張って……」

と、姿勢を直されるときに、その手が乳房に触れたりして、マリの方は一瞬ドキッとしたのだが、黒河は全く気にもとめていなかった。

二日、三日とたつにつれ、マリはあまり恥ずかしさを覚えることなく、黒河の前に裸で立てるようになった。もちろん、少しも恥ずかしくないとは言えないが、今、自分がこうして黒河の目に肌をさらしていることが、大切なことだと納得できたのだ。

「マリさん、風邪ひかない？」

と、静は言った。「おじいちゃん、気を付けてあげなきゃだめよ」

「ああ、分ってる」

と、黒河は微笑んだ。

こうして休憩していると、黒河はごく普通のやさしい年寄りだ。しかし、一旦《いったん》絵筆を取って、カンバスに向うと、その目は鋭くマリを見つめる。

これが芸術家ってものなのか……。

マリは、触れていない黒河の手が、自分の体をなぞっているかのように感じた。

「──じゃ、夕飯には帰ってね」

と、静がサンドイッチをのせていた皿やティーカップを片付けて帰って行く。

「──さあ、始めるか」

と、黒河が言った。「もう少し休みたいかね？」

「いえ、大丈夫です」

「じゃ、さっきのポーズで」

「はい」

マリはバスローブを脱いで、椅子に掛けると、定位置に戻った。

「これでいいですか？」

「もう少し体をひねって。日射しの角度が少し変ったからね」

「はい。――こう？」

「うん、それでいい」

と、黒河は肯いた。

そこへ、この家の奥さんが声をかけて来た。

「黒河さん、美術協会からお電話ですよ」

「どうも。――すぐ戻るよ」

と言って、黒河は家の中に入って行く。

マリはちょっと息をついた。

「何日ぐらい、こうやってモデルやってりゃいいんだろ……」

と呟《つぶや》く。

そして――ふと視線を感じた。

アンヌが、庭の隅に立っていたのである。

マリはあわてて、バスローブを取ろう、と思った。しかし――今、このポーズでいることが、黒河にとって大切なのだ、と思うと、動けなかった。

アンヌはジーンズ姿で、じっとマリを見つめながらやって来た。

マリは動かないことにして、アンヌの視線に耐えた。

アンヌはどこかふしぎな目でマリを眺めていた。好奇心でも、からかいでもなく、むしろ羨《うらや》ましいと思っているかのような視線だった……。

「マリさん、だっけ」

と、アンヌは言った。「あなた、男をまだ知らないわね」

天使ですからね、そういうことしちゃまずいんですよね、と思ったが、言わなかった。

「アンヌさん……。杉崎さんの絵は、進んでいるんですか？」

と、マリは訊いたが、アンヌはそれが聞こえなかったかのように、ゆっくり歩み寄って来ると、

「男の腕で抱きしめられたことも、唇で触れられたこともない体ね……」

と、マリの体をまじまじと眺めた。

そのとき、マリは一瞬、アンヌの体が、着ているものを通して、向うが透けて見えるような気がした。

え？——まさか！

錯覚だろうか。たぶんそうだろう。

でも、ほんの一瞬だったが、確かに……。

「アンヌ！　何してる？」

黒河が戻って来たのだ。

アンヌはハッと振り向いて、

「見に来たのよ。こっちの〈ヴィーナス〉はどんな風かな、と思って」

と言った。「お邪魔してごめんなさい」

アンヌは、ほとんど走るように、父親の傍をすり抜けて、家の中へと入って行った。そのまま玄関を出て行ったのが、ドアの閉る音で分った。

「マリ君、大丈夫か？」

と、黒河が心配そうにマリの方へやって来た。「アンヌが何か言ったか？」

「大丈夫です。ただ……」

と言いかけてためらうと、「――黒河さん。アンヌさんとの間に、何があったんですか？」

と訊いた。

黒河は目をそらした。

「アンヌさんが、あの杉崎って男と知り合うようになったのは、どうしてなんですか？」

と、マリが続けると、

「どうして訊くんだ？」

と、黒河は言った。

「心配なんです。アンヌさんの様子が……。何だか普通じゃない気がして」

黒河はマリをじっと見ていたが、やがて息をつくと、

「そうだな」

と肯くと、「君は知っておくべきかもしれない」

「私、黒河さんの私生活に立ち入るつもりは――」

「いや、君も〈ヴィーナス〉なんだからね。今日はもう終ることにしよう。服を着てくれ」

「はい……」

マリはポーズを解いてホッとした。

「アンヌの母、ミレーヌが亡くなったのは、アンヌが十四歳のときだった」

と、黒河は言った。

「ご病気で？」

と、マリは訊いた。

「うん。――珍しい病気でね、治療法がなかった」

――二人は、黒河の屋敷へ戻る途中、古風なインテリアの喫茶店に入っていた。

コーヒーはていねいに淹《い》れられていて、おいしかった。

「苦しんでいる妻を前にして、どうすることもできない。――辛《つら》かったよ」

黒河は、今も思い出すのに努力が必要なようだった。「しかも、あの病気はかなりの苦

痛を伴う。痛みを和らげる専門の病院に入院したが、病気が進むと、痛み止めも効果がない。傍についているのは大変だった」

「そうですか……」

「アンヌは特に……。十四歳という傷つきやすい年齢だ。僕に『何とかしてあげて！』と泣いて叫んだが、僕は医者ではない」

「ええ……」

「結局、亡くなるまで三週間近くも、ミレーヌは苦痛にさらされていた。——正直、亡くなったとき、ホッとした。これで彼女も楽になった、と思ってね」

「分ります」

「しかし、アンヌは……父親がそんなにも無力な人間だったと知って、ショックだったのだろう。僕とあまり口をきかなくなった」

黒河は自分のコーヒーをゆっくりと飲んで、

「絵の仕事も、妻の入院で、しばらく休んでいたが、期限のある仕事もあって、急いで取りかからなくてはならなかった」

「そのことも、アンヌさんには……」

「冷たく見えたろうね」

と、黒河は肯いて、「しかし——問題はそれじゃなかったんだ」

「じゃあ……」

「戦争で死んでいく人々を描く仕事があった。——むろん、今の戦争ではなく、中東の伝説をもとにした絵だ。戦火に追われて、人々が逃げまどい、殺されている。テーマは、そこへ人々を救いに駆けつける天の使者なんだが……」

「それが何か？」

「侵略者の馬に踏み殺されようとしている母親が、我が子を守ろうと必死で抱きかかえている。——どうも気の重くなる題材だが、引き受けた以上、描かなくてはならない。何とか期日までに描き上げて、披露された。依頼主は中東の富豪で、華やかなパーティを開いてくれた」

　黒河は少し間を置いて、「その席へ、アンヌもやって来た。そして初めてその絵を見て、真青になった……」

「どうしてですか？」

　と、マリは訊いた。

「それは……絵の中で、馬に踏み殺されようとしながらも我が子を抱きしめている母親の、苦痛に満ちた顔が、ミレーヌの病床の顔だったからだ」

「まあ……」

「むろん、ミレーヌそっくりに描いたわけではない。しかし——苦痛にゆがむ表情を描くとき、ミレーヌのことを思い浮かべていたのは確かだ」

　黒河は深く息をついて、「アンヌから見れば、苦しんでいる母親の表情を、絵を描くのに利用したと思えたのだろう。アンヌはその場で手にしていたジュースのグラスを私に叩きつけて、走り去ってしまった……」

「芸術家には、そういう面がありますよ。たいていの人が、自分の生活をいけにえにするように……」

「それは僕も知っている。しかし、アンヌには到底許せなかったのだろう」

「それが十四歳のときですか」

「そうだ。それ以後、アンヌはほとんど口をきいてくれなくなった。そして十八になったとき、紹子が夫と別れて、八歳の静を連れて家に戻って来た。アンヌはちょうど大学へ入ったところで、家を出て独り暮しを始めた」

「じゃ、杉崎という人とは？」

「よく分らないのだ」

　と、黒河は首を振って、「杉崎が、突然画壇に現われ、話題になったとき、私はある画展の審査員をしていて、杉崎が一等を取った。その祝賀のパーティに、杉崎が何とアンヌを伴ってやって来たのだ」

「アンヌさんは杉崎って人の恋人なんですか？」

「おそらくそうだろう。しかし、本当のところは知りようがない」

黒河は両手を広げて、手の打ちようがない、という表情をした。

「私……アンヌさんが心配なんです」

「君が？　どうしてだね？」

「はっきり言えませんけど……天使として、ということにしておいて下さい」

マリの言葉に黒河は微笑んで、

「ありがとう」

と言った……。

## 4　契　約

「おい、いいのかよ」

と、ポチが言った。「天使が人の家に忍び込んだりして」

「事情があるんだから仕方ないでしょ」

と、マリは言い返した。

していたりった。

まあ、これまでもマリとポチの二人は、食うに困って、強引に人の家の厄介になったりしている。

それでも、こんな風に、まるで空巣にでも入るように、こっそりと忍び込むことは珍しかった……。

「確かに留守なのか?」

「そのはずだけど……」

「頼りねえな」

「仕方ないでしょ。ずっと杉崎って人を見張ってるわけにはいかないんだから」

と、マリは言い返した。「大体、ここが杉崎の家だって探り当てるのだって、大変だったんだから」

――杉崎の住いは、黒河の屋敷の広大さに比べると、かなり狭かった。といっても、二階建ての、世間一般から見れば広い家だ。

家を囲んで庭があり、かなり背の高い木がびっしりと植えられている。

「これじゃ日射しがほとんど入らないね」

と、マリが初めて見たときに思わず言ったほどだ。

中へ忍び込むのに、その木が役に立った。枝はあまり太くないが、それでもマリとポチくらいの重さには耐えられて、二人は枝を伝って、家の二階のベランダに降り立ったのである。

　ベランダの少し横の窓が開いていた。

「あそこ、入れるかも。──ポチ、入ってみてよ」

「俺が？　お前が言い出したことなんだぞ」

　と、ポチが文句を言った。

「でも、いくら私が小柄でも、あの窓は無理よ。あんたならくぐれるでしょ。毎日、おいしいもんいただいてるんだから」

「分ったよ……」

　ベランダの手すりから、その窓へ、飛び移らねばならない。やりそこなったら地面に落ちる。

「ほら、犬らしいところを見せて」

　と、マリがせっつく。

「分ったってば！　ここんとこ体が重くなってるしな……」

「ブツブツ言ってないで！　お尻《しり》押すよ！」

「よせ！　人の尻に触るな！」

　ポチは、エイヤッと宙を飛んだが──。

「あわわ……」

辛うじて窓枠に取り付いてぶら下った。

「頑張って！　もう少し！」

「気楽に言うな！」

それでも何とか這《は》い上がったポチの体が、窓の中へとスルリと消えた。

パシャッ、と音がして、

「冷てえ！」

と、ポチが叫んだ。

「お風呂だったのかな……」

と、マリは呟いた。

少しすると、ベランダのガラス扉のロックが外れて、ガラッと開く。

「びしょ濡《ぬ》れだ」

「ご苦労さん。風邪ひかないで」

「全く……。天使はろくなこと考えねえ」

ポチはカーペットの上を転って、せっせと濡れた体を拭《ふ》いた。

「絵はどこだろ」

と、マリは暗い室内を見回した。

杉崎は、あのレストランの中庭で、アンヌをモデルに〈ヴィーナス〉を描いているのだが、毎日必ず絵を自宅へ持ち帰っているということだった。

今夜、杉崎はアンヌを連れて、ファッションショーを見に出かけている。絵はこの家の中のどこかにあるはずだ。

「ポチ、あんた、一応犬だから鼻がきくんでしょ。油絵具の匂い、分らない？」

「『一応』ってのが気に食わねえけど、まあいい。確かに、そんな匂いがしてるぜ」

「どこで？」

「下の方だな。だけど……」

「下ね！」

のんびりしてはいられない。いつ杉崎が帰ってくるか分らないのだ。

わずかな明りを頼りに、階段を下りて行った。

一階の居間やダイニングを覗いたが、

「——何もないよ」

と、マリは言った。「どこ？」

「もっと下だ」

と、ポチが言った。

「もっと下？」

廊下の突き当りにドアがあった。そっと開けると、下へ下りる階段がある。

「地下室があるんだ。──私にも分るよ、油絵具の匂いが」

「ああ。でもな、それだけじゃなさそうだぜ」

「というと？」

「絵具以外の匂いがしてる」

「それって……」

「俺にもよく分らねえけどな」

ともかく、絵を見たい！

マリは明りのスイッチを見付けて押した。

階段を下りて行くと、ガランとした部屋があった。奥の方にガラクタが積み上げてある。

そして、部屋の中央に、その絵はあった。

布をかけられているので、分らないが、真新しい絵具の匂いがしている。これは間違いないだろう。

マリは絵に近付くと、かぶせてある布を取ろうとして手をかけた。

そのとき、ドアの閉る音がした。

あれは──玄関のドア？

話し声がかすかに聞こえた。帰って来たのだ！

マリは急いで階段を駆け上ると、明りを消した。

「どうするんだよ」

「シッ！　ともかく、ここでじっとしてて」

マリはそっとドアを細く開いた。

「疲れたわ」

と、女の声。

アンヌの声だ。

「少し休みたいけど……」

「ああ。しかし、長くは困る。絵を仕上げるのに、そう時間がない」

「ええ、分ってる。一時間で起きるわ」

「頼むぞ」

と、杉崎が言った。「俺は地下でやることがある」

まずい！

マリは迷ったが、アンヌが階段を上って行くと、台所の方で水の音がし始めた。

「今の内に出よう」

と、マリは言った。

「絵はどうするんだ？」

「だって……。仕方ないわよ。見付かっちゃう」

「だから天使はいい加減だってんだ」

「何よ、それ」

言い争っている暇はない。——マリとポチはそっと廊下へ出ると、玄関の方へ行きかけたが、台所の方から丸見えになる。

仕方ない。二階から、またベランダ伝いに出るしかない。アンヌは寝室に入っているだろう。

足音をたてないように、二人は階段を上って行った。

幸い、部屋はまだ暗かった。ポチがびしょ濡れになったお風呂場の明りが点《つ》いていて、水の出る音がしていた。

「お風呂らしいわ。今の内に……」

「あの枝がもつか？」

「分んないけど、他に仕方ないでしょ。飛び下りたら足首でもいためそう」

「全く……」

ベランダへ出る扉を開けようとしていると——明りが点いた。

「何してるの？」

アンヌがバスローブをはおって立っている。「あなた——マリって子じゃないの」

「すみません」

と、マリは小声で言った。「忍び込んだりして。でも、心配だったんです。アンヌさんのことが」

「私のこと？」

「普通じゃないって気がして」

「普通じゃない、ってどういう意味？」

「あの……とても顔色悪いですよ。それに、やせてしまって……」

「あなたの知ったことじゃないわ」

と、アンヌは苛々《いらいら》と、「もしかして、父に言われて、絵を盗み見しようと……」

「違います。黒河さんは何も知りません。でも――」

「何なのよ？」

いつ杉崎が上って来るかもしれない。

「私、天使なんです。で、人間とは多少違うところがあって……。あなたを見てると、何て言うか――姿が薄くなってるみたいだったので」

「何ですって？」

「馬鹿げてると思われるでしょうけど……。アンヌさんの命が誰かに吸い取られているみたいなんです。生気が失くなってるっていうか」

アンヌはマリをじっと見ていたが、怒った様子ではなかった。

「だからどうだって言うの？」

と、アンヌは言った。「私の父だって、母の苦しむ姿を絵に使ったのよ」

「聞きました」

と、マリは肯いた。「でも、芸術家は何より自分自身を犠牲にして作品を創っています。奥さんを描いたのも、それが自分の苦しみだったからで……。人を犠牲にするのとは違います」

アンヌはしばらく黙っていたが、ハッとして、

「あの人が上って来るわ」

「じゃ、私たち——ベランダから」

マリは小声で言って、「お願いです。自分を大事にして下さい！」

ベランダへ二人で出ると、ポチを先に枝へ押しやる。

「危ねえな！　そんなに尻を押すなって」

「文句言ってないで！　早くしてよ」

マリは思い切って枝にぶら下った。まだポチが枝の上にいたので、枝は二人分の重みに耐え切れず……。

メリメリと音をたてて枝が裂け、二人は地面へと……。

それでも、直《じか》に地面に落下したわけではないので、二人は何とか立ち上ると、あわてて

逃げ出したのだった……。

少し肌寒いが、爽《さわ》やかな日だった。

描き始めて一時間ほどして、黒河が手を止め、筆を置いた。

「珍しく早いですね。もう休憩？」

と、マリは訊いた。

黒河はタオルで手を拭くと、

「終った」

と言った。

「――え？」

「お疲れさん。描き上げたよ」

マリは少しポカンとしていたが、

「終った……。そうなんだ」

「ありがとう、マリ君」

黒河はマリへ歩み寄ると、固く手を握った。

マリは、ちょっと恥ずかしくなった。「画家とモデル」という関係でなくなったとたん、恥ずかしくなったのである。

「服、着ていいですか？」

「ああ、もちろん」

そのときだった。

「おじいちゃん！」

と、静が駆け込んで来た。

「どうした？」

「今、このケータイに、アンヌさんのケータイから」

「アンヌから？　何と言って？」

「それが変なの。話しかけても何も答えない。でも、何だか呻《うめ》き声みたいなのが聞こえてる」

「貸してみろ」

黒河が静の手からケータイを受け取ると、

「もしもし！――アンヌか？　聞こえるか？」

黒河は首を振って、「つながってるが、何も聞こえない」

「急いで駆けつけた方がいいです！」

と、マリは叫ぶように言った。「アンヌさんの命にかかわるかもしれません！」

「しかし――」

「杉崎さんが描いてるレストランに、黒河さんのケータイでかけてみて下さい！」

黒河は杉崎が借り切っているレストランへかけてみたが、今日は杉崎とアンヌは来ていないということだった。

「じゃ、杉崎さんの自宅です！」

マリは裸の上にバスローブだけはおると、「急いで！」

マリのただならぬ様子に、黒河もせかされるように駆け出した。

「車、私が運転する」

と、静が言った。

車には、何とポチも乗っていた。

「何だ、服着てねえのか」

「それどころじゃないのよ！」

と、マリは怒鳴った。

「杉崎の家はどこだったたか……」

「私、知ってます」

と、マリが助手席に乗って、「ともかく出して下さい！」

静は、「免許取り立て」の無謀さで、猛然と車をスタートさせた。

――杉崎の家に着くと、マリは、

「煙が出てる！」

と叫んだ。「静さん、一一九番して、消防車と救急車を！」

「分った」

マリは玄関のドアを叩いたが、応答はなかった。

「どうしたんだ……」

黒河は呆然《ぼうぜん》とするばかり。

「ポチ！　また行くよ！」

「ええ？　枝が折れてんだぜ」

「何とか飛び移れるわよ！」

マリは木を登ろうとしたが、バスローブが枝に引っかかってしまう。

「こうなったら――。ポチ！　見るな！」

と、バスローブを脱ぎ捨てる。

「無茶言うな」

ポチがマリについて木に登って行く。

人間――というか天使だが――必死になると、何とかなるもので、途中で折れた枝から
マリはベランダへと飛び移った。

「風呂場はいやだぜ」

と、ポチがついて来て言った。

ベランダに置かれていた植木鉢をつかむとマリはガラスに思い切り叩きつけた。ガラスが割れ、手を入れてロックを外す。

「ガラスを踏むとけがするぜ」

「あんただってそうよ」

部屋へ入ると、階段の下から煙が上ってきている。

「アンヌさんを探して！　私、玄関の鍵《かぎ》を開ける！」

マリは息を止めて階段を駆け下りると、玄関のロックとチェーンを外した。

「火事か？」

と、黒河が入って来て咳込《せきこ》む。

「たぶん――地下室です」

「地下室？」

「そこにアンヌさんの絵が」

案の定、地下室へ下りるドアが開いていて、そこから煙が黒々と湧き上っている。

明りを点けると、地下室の床に倒れているアンヌが煙の中に見えた。

「僕が運び出す！」

黒河が息を止めて階段を駆け下りると、ガウンを着たアンヌを両腕に抱えて、上って来た。

「早く外へ！」

マリはそう言って、地下室へ下りて行った。

――黒河は家の外へアンヌを運び出すと、

「しっかりしろ！」

と呼びかけた。

「一一九番したわ」

静がやって来ると、「アンヌさん、どう？」

「脈はある。咳込んでるぞ。――アンヌ！」

アンヌが目を開けた。

「お父さん……」

「何があった？　杉崎は？」

「早く……あの絵を……。杉崎が帰ってくる前に……」

「何だって？」

そのとき、

「何をしてる！」

と、声がした。

杉崎が立っていた。

「杉崎！　アンヌに何をした！」

と、黒河が立ち上る。

「絵は――。俺の〈ヴィーナス〉は！」

そこへ、

「持って来ましたよ」

マリが、絵を持って出て来た。

「それは……」

と、アンヌが苦しげに、「出しちゃいけない！」

「大丈夫です、アンヌさん」

と、マリは言った。「私は天使ですから、守られてます。この絵の呪いから」

「呪いだと？」

黒河がびっくりして、「アンヌ、どういうことだ？」

「匂いがしたんです」

と、マリは言った。「ポチが、絵具以外の匂いに気付いたんです。私も後になって分りました。アンヌさんも分ってたんですよね」

「止められなかったの……。私の血を使って描いていた……」

「馬鹿な！」

と、杉崎が言った。「俺の絵を返せ！」

「アンヌさんは命がけで、この絵を燃やそうとしたんです」

マリはパレットナイフを手にしていた。

アンヌの生々しい裸像がそこにあった。

どこか暗い印象の絵で、アンヌの裸体は本当の肌そのもののように、つややかだった。

「見て下さい！」

マリはパレットナイフを力をこめて絵に突き立てた。

「何をする！」

杉崎が叫んだ。――ナイフがアンヌの裸像を切り裂くと――真赤な血が流れ出した。

「これは……」

黒河は愕然《がくぜん》とした。「杉崎！」

だが、杉崎の姿は消えていた。コートだけが地面に投げ捨てられたように落ちていた。

「おお煙い……」

ポチがゴホゴホやりながら出て来た。

「これは……どういうことだ」

「お父さん……。ごめんなさい」

アンヌが力なく言った。「杉崎は……普通の人間じゃなかった……」

「分った。お前のことが大事だ。今は話すな！　すぐ救急車が来る」

マリはポチの方へ、小声で言った。

「杉崎は、あんたの仲間じゃなかったの？」

「それなら俺にだって分るさ。たぶん——仲間になりたくて、その絵を描いてたんじゃねえのか」

「血の契約？——でも、完成しなかったんだね」

マリは杉崎の絵を見て、「あ、絵が……」

アンヌの裸像は、流れ出した血の下で溶けて行った。

「サイレンだ」

静が気付いて、「呼んで来る！」

と駆けて行った。

「マリさん……」

と、アンヌが言った。「ありがとう……」

「良かった。もう大丈夫ですよ」

「でも……あなた、何か着たら？」

マリは自分がずっと裸でいたことに気が付いた。

「こっちです！」

静が救急隊員を連れて戻って来る。

マリはあわてて木のかげへと駆けて行った……。


表に出ると、黒河は足を止めた。

マリとポチが立っていた。

「おめでとうございます」

と、マリは言った。「黒河さんが〈ヴィーナス〉の壁画を描くんですね」

「うん。君のおかげだ。――アンヌもずいぶん元気になったよ。杉崎の行方は分らないが」

「良かったですね」

マリはジーンズ姿で、バッグを肩から下げていた。

「マリ君……。行くのか」

「もうモデルは必要ないでしょ」

「しかし、ずっといてくれないかと思ってるんだがね」

「あんまり長く同じ所にいちゃ、研修にならないんです」

「そうか」

と、黒河は微笑んで、「色々ありがとう。モデル料は──」

「いただいた分で充分です。服も買っていただいたんで、当分困りません」

「じゃあ……元気で」

「はい」

「天使をモデルにして絵を描いた画家は僕一人だろうね」

「そうですね」

マリは黒河と握手すると、ポチを促して歩き出した。

「──おい」

と、ポチが言った。「懐あたたかいだろ。今夜は旨《うま》いもの食おう」

「むだ使いしちゃ、すぐ困るよ、また」

と、マリは言ったが、「でも──あの洋食屋さんで、もう一度食べたいね」

「賛成！」

つい足どりも軽くなってしまうマリとポチだった……。

# 別れ話は黄昏に

# 1 改装

真新しい台所を見て、

「まあ、すてき！」

と、女性が声を上げたとき、不動産屋の男は、「やった！」と思った。

「いかがです？　キッチンはやはり一番のポイントですからね。中途半端な改装でなく、丸ごと新しくしたんです！」

と、得意げに言ったのも、「これで九割方決りだ！」と確信していたからだった。

「最新式だわ！　このレンジも、流しも。──ねえ、いいじゃない？」

女性の方はすっかり気に入って、連れの男性の方へ言ったのだが……。

相手はまるで聞いていなかった。

「床は頑丈だろうね」

と、不動産屋に訊《き》いて、「スリッパで歩くと下に聞こえる、なんていうんじゃ困るんだよ」

「そんなことは決してありません！　特に防音には気をつかっておりまして」

「そうでないとね。僕は音楽を聴くのが仕事なんだ。少々の音で文句を言われたりすると……」

「俊也《としや》さん」

と、友永《ともなが》あかりが言った。「今のマンションは、そういう点、しっかりしてるわよ。ここはまだ建って五年しかたってないんですもの」

「五年だって、安物は安物だよ。——まあ、ここはそんなことないだろうけど」

「もちろんです！　都心の一等地ですから、夜中に仕事される方も多いですよ」

不動産屋は、副田《そえだ》俊也が〈音楽プロデューサー〉という、何をしているのかよく分らない人間であることを憶《おぼ》えていた。

「まあ、場所は悪くない」

と、副田俊也はベランダからの風景を眺めて、「あかり、君はどう？」

「ええ、私、気に入ったわ」

と、友永あかりは肯《うなず》いた。「この広さがあれば、子供が生まれても大丈夫よ」

「そうですとも！　何しろ４ＬＤＫの広さですから！　子供部屋の分も充分です」

「僕の仕事部屋がいるんだ」

と、副田は言った。「サラリーマンじゃないからね」

「さようで……」

「しかし……あかりが良ければ、ここに決めようか」

「そうしましょう！」

あかりの顔がパッと明るくなった。「いつから入居できるんですか？」

「それはもう、すぐにでも。もちろん、書類の準備に何日かかかりますが」

「早い方がいいわ。じゃあ……来週の末で、どう？」

と、あかりは訊いた。

「ああ。――いいんじゃないか」

副田は、あまり関心なさそうだった。

「承知いたしました！」

と、不動産屋は即座に言った。「では、二、三日の内に書類を用意いたします」

「よろしく」

と、あかりは言って、副田の腕を取ると、「式とハネムーンはいつごろにする？」

と訊いた。

「そうか。そんなものがあったな。忘れてたよ」

「いやだわ！　私、ウエディングドレスを着るのが夢だったのよ」

「分った。君の好きにするといい」

副田の口調にはいささか見下したようなところがあったが、あかりは「この人はこういう少しひねくれた言い方しかできないんだから」と、自分に言い聞かせて、腹を立てないことにした。

ともかく、彼が「君の好きに」していいと言ったのだから……。

友永あかりは、それだけでとりあえず満足して、気になるところは無視することにしたのである。

「それじゃ、これからホテルの宴会場を見に行かない？　式場を予約してしまいたいの。日取りが決れば、自然に他の予定も決ってくるでしょ？」

そのとき、不動産屋がちょっとわざとらしい咳払《せきばら》いをした。

「あの……恐れ入りますが」

「まだ何かあるの？」

と、あかりがいかにも「邪魔よ」と言いたげな口調で言った。

「あの……書類も必要ですが、ご入居に際しましては、家賃の三か月分と敷金三か月分をいただくことになっておりまして。その入金がありませんと、契約成立となりませんので……」

「そうか！　金のことを忘れてた」

と、副田が笑って、「振り込み先と金額をメールしてくれ。すぐに振り込むようにするよ」

「ありがとうございます！」

不動産屋は深々と頭を下げた。


ところで——この「不動産屋」にも、もちろん名前というものがあって、それは川上竜《かわかみりゆう》介《すけ》というのだったが、そのマンションを出て、副田と友永あかりがタクシーに乗って走り去るのを見送ると、

「やった！」

と、声に出して言った。

やれやれ……。あの部屋も、これで借り手が付いたのだ。

懐具合にも余裕がありそうだった。間違いなく入金されるだろう。

それに……。

「仲良さそうだったものな」

と、川上は呟《つぶや》いた。「あの二人なら大丈夫。きっと大丈夫だ……」

断言している、というよりは、自分に言い聞かせている口調だったが、ともかくひとつの仕事をやりとげたという思いで、川上はこの日、幸せだった。

川上はきっとこの日の帰りには、一杯やりに、なじみの居酒屋に寄って行ったに違いな

い。

そして、三か月が過ぎた……。

## 2　悲鳴

「何だ、だらしねえマンションだな」

と言ったのは、真黒な犬だった。

「おかげで中に入れたんだから、文句ないでしょ」

と、犬を連れている少女が言った。

この二人――。出身地（？）は正反対で、十六、七の女の子は天国からやって来た天使。

といって、特殊能力を備えているわけではなく、「人間界で研修して来い」と言われてやって来た。

一方の黒犬は、地獄のチンピラ悪魔。こちらは天使ほど呑気《のんき》ではなく、「成績不良」で地獄を叩《たた》き出されて来た。悪魔として、恥ずかしくない（？）実績を上げないと、地獄へは戻れないのだ。

この二人（と言うのかどうか）、たまたま一緒になって、旅をしている。で、一応名前がないと不便だというので、天使は「マリ」、悪魔は「ポチ」という名にしてある。

ポチの言葉はマリには理解できるが、人間にはただ犬が吠《ほ》えている、としか聞こえないのだ。

ところで、この二人は住所不定、無職。

生身の体なので、当然お腹も空《す》く。マリが色々アルバイトをして食べているが、何しろ見た目が若過ぎて、ちゃんとした仕事には就けないので、大変である。

ひどいときは雨露をしのぐ場所も見付けられなかったりするが、今夜は……。

「おっ、上等なソファじゃねえか」

と、ポチが言った。

「汚しちゃだめだよ」

と、マリがたしなめる。

「何言ってやがる。お前の服だって、充分汚れてたら」

「そう言われると……。あ、ちゃんとトイレもある」

かなり豪華な造りのマンション。ロビーの奥には、出入りの業者とか、運転手が使うトイレが設けられている。

本当なら、ロビーの奥へはロックされた扉があって入れないのだが、〈故障中〉の貼り紙がしてあって、扉が開いたままになっていたのである。

そこのソファは、二人にとって、正に上等なベッド。

「もう十二時過ぎてるね」

真夜中である。フロントにも人がいない。

高級マンションにしては無用心だが、おかげで今夜は心地よく眠れそうだ。

「あ、タクシーが」

マンションの正面にタクシーが停った。

マリとポチは、ソファの後ろに急いで身を隠した。

楽しげに笑いながら入って来た二人。――洒落《しやれ》た恰好《かつこう》の男性は、何となく「芸能人」かその「業界の人」という感じ。

「いいパーティだったわね、あなた！」

スラリと脚の長い女性。二十七、八というところか。

「何だ、まだ故障中か」

と、男の方が言って、エレベーターのボタンを押した。

「大丈夫よ。こういう高級マンションには、怪しい人は入って来ないわ」

二人とも、アルコールが入っているようで、頬が赤く染っている。

エレベーターが来て、扉が開くと、

「明日は遅くてもいいんでしょ?」

と、女が甘えるように言って、男の腕を取りながら、「二人でのんびり……」

扉が閉る。——ポチが首を振って、

「いい女だ! 俺の好みだぜ」

「犬に好まれても困るでしょ。——さ、もう帰ってくる人、いないだろうから、寝ましょう」

マリはソファの上で横になった。

「全く、天使って奴は面白みがねえよ……」

ポチは文句を言いつつ、一人掛けのソファに上って丸くなった。

十二時を過ぎたせいか、ロビーの明りが落ちて、薄暗くなる。

「おやすみ……」

マリは眼を閉じた——とも思わない内に、眠ってしまっていた。

ポチも鼻息をたてながら、

「串《くし》カツ……ステーキ……ローストビーフ……」

と、寝言を言っていた。

そして——深夜だった。

マリはハッとして起き上り、

「今の……悲鳴？」

と言った。「ポチ！　ポチ！」

「何だよ……。うるせえな」

と、ポチが半分眠ったまま唸《うな》っている。

「今、悲鳴が聞こえなかった？」

「何だ……」

「確かに女の人の悲鳴が――」

「夢見たんだろ……」

「そうかな」

と、マリは首をかしげたが――。

「助けて！」

と叫ぶ声がはっきり聞こえた。

「誰だろ？」

マリはソファから下りた。

エレベーターの傍にドアがあり、〈非常口〉の明りが点《つ》いている。おそらく中が階段になっているのだろう。

突然、そのドアが中から開いた。

「助けて！」

と、かすれた声を出しながら、よろけるように出て来たのは——裸の女性だった。

「どうしたんですか？」

マリが駆け寄ると、

「殺される！　主人が——刃物を——」

と、女性が言った。

マリはそれがさっきタクシーで帰宅した女性だと気付いた。

「フロントの人を呼びましょう」

マリがその女性の手を取って、ロビーをフロントの方へ行こうとすると、エレベーターが下りて来て、扉が開いた。

「おい、待て！」

上半身裸で、パジャマの下の方だけはいた男が、ナイフを手にエレベーターから現われた。

「あなた！　やめて！」

女がよろけて尻《しり》もちをついた。

マリは、

「ポチ！」

と叫んだ。「出番だよ！」

何しろ「好みだ」と言った女が、裸で逃げて来たのだ。ポチも張り切って、

「任せろ！」

と、ひと声、ナイフを振りかざす男に向って駆けて行くと、思い切り男の左足にかみついたのである。

「いてっ！　こいつ！」

男はポチを振り放そうとした。

「ポチ！　気を付けて！」

と、マリは叫んだ。

男がナイフをポチに向って振り下ろしたのだ。

「やられた！」

ポチがよろけた。血が床に流れる。

「やめて！」

と、マリは叫んで、男に体当りした。

左足を深くかまれていた男は、マリにぶつかられて仰向《あおむ》けに倒れると、大理石の床にガツッと頭をぶつけ、気を失った。

「ポチ！　しっかりして！」

マリは急いでポチを抱き起こした。

「俺はもう……だめだ」

と、ポチが呻《うめ》いた。

「何言ってんの！　ちゃんと地獄へ帰らなきゃいけないんでしょ！」

天使としては、妙な励まし方だった。

「——どうしました？」

騒ぎを聞きつけて、フロントの奥から管理人らしい男が出て来た。

「警察と救急車を呼んで下さい！」

と、マリが怒鳴った。「救急車は人間用と犬用と！」

「はあ？」

管理人はポカンとして突っ立っていた。

「早くして！」

マリの声の迫力に、管理人はあわてて奥へ飛び込んで行った。

そして、裸の女はうずくまって泣き出していた……。

# 3　呪い

「絶対に許さない！」

と、あかりは猛烈な勢いで怒った。「私たちを騙《だま》したのね！」

「いや……決して騙したわけでは……」

しどろもどろになりながら、怯《おび》えた様子で逃げ腰になっているのは、三か月前、副田俊也とあかりにあのマンションの〈508〉の部屋の貸与契約をとりつけた、川上である。

「じゃ、どうして黙ってたのよ！　あの部屋で、ご主人が奥さんを殺して自殺したってことを」

「それは……とても言えませんよ」

川上は床に正座して震えていた。「そんなこと言ったら、誰も借りてくれません」

そりゃそうだろう、とマリは思った。

「申し訳ありません！」

川上は両手をついて詫《わ》びると、「でも——お二人なら大丈夫と思ったんです」

「あの人も、もうおしまいだわ」

と、あかりはため息をついて、「こんな騒ぎになって……」

ここはあかりの姉のマンション。

ともかく、あの〈508〉へ戻る気にはなれないというので、あかりは差し当り姉の所へ転り込んだのである。

「そうカッカしないのよ」

と、あかりの姉、友永ひとみが紅茶をいれて来た。

「だって……」

「あのマンションのことは、事態が落ちついてから、考えましょ。——川上さんでしたっけ？　あなたは会社に状況を話しておいて下さい」

「はい、承知しました！」

川上は逃げるように帰って行った。

「マリさんだったかしら？　妹の命を救って下さってありがとう」

「いえ……。救ったのはポチです」

「ああ、副田さんに刺されたのよね。どうなの、具合？」

「ええ、今、この近くの動物病院に入院してます」

と、マリは言った。「これから見舞に行くつもりなんです」

「じゃあ、一緒に出て、夕食にしない？　あかりも行くでしょ？」

「私……食欲が……」

と言ったとたん、あかりのお腹がグーッと鳴った。「いやだわ！　私、お腹空いてるのかしら？」

「自分で分らないの？」

と、ひとみが苦笑した。「大丈夫。食べれば入るわよ。そして、食べれば元気も出る」

「でも――業界の人が集まる店はやめてね」

「どうして？」

「どうして、って……」

「あんたは被害者なのよ。注目されるって、悪いことじゃないわ」

友永ひとみは、あかりより六つ歳上の三十四歳。背が高く、がっしりした体格をしている。

仕事はイラストレーターとマリは聞いていた。

かなり売れっ子なのだろう。このマンションも、副田たちのマンションに劣らず立派である。広い部屋に一人暮し。

「さ、支度して！」

と、ひとみは妹の背中をポンと叩いた。

「これ、包んでもらっていいですか？」

マリはおずおずと言った。

にぎやかなイタリアンの店。

マリは半分食べたステーキを、

「ポチに持って行ってやりたいんで……」

と言った。

「そんなことしないで」

と、ひとみは言った。「ちゃんと一人分、包ませるわよ。あなたは食べて。若いんだから入るでしょ」

「でも……申し訳なくて」

「妹の命を助けてくれたんだもの！　そのワンちゃんにも感謝しないと」

「はあ」

「マリさん、家出して来たの？」

と、ひとみは訊いた。

「あの……色々事情が……」

「言いにくければいいのよ。私のマンション、部屋があるから、泊ってて」

「すみません。助かります」

「私もいさせてよ」

と、あかりが言った。

「当り前でしょ。旦那が暴行罪で逮捕されてちゃね」

副田は、ポチに左足をかまれて入院している。もし、あかりを傷つけていたら「殺人未遂」になるところだ。

「やあ、副田君の奥さんでしょ」

と、声をかけて来たのは、いかにも大物風の男で、

「あ、末次《すえつぐ》さん」

と、あかりが言った。「ご迷惑おかけして」

末次という男、TV局のプロデューサーだそうで、ひとみとも知り合いということだった。

「副田君が、まさかあんなことをねえ」

と、末次は隣のテーブルについて言った。「どうしたっていうんです？」

「あの部屋なんですよ、それが」

と、ひとみが言った。

「部屋がどうしたんですか」

「呪われてるんです」

「呪われてる?」

「そうなんです。妹夫婦の前にも、夫が妻を殺して自殺。その前の夫婦はお互いに殺し合って、血の海だったんです。——副田さんはあの部屋の呪いの犠牲なんですよ」

「そいつは面白い!」

と、身をのり出して、末次は、「いや、失礼。面白いなんて言っちゃいかんですな。しかし、それは話題になりますぞ」

「でも、呪いなんて、今どき信じる人はいませんよね」

ひとみの言い方は、明らかに末次の好奇心を刺激していた。

「そんなことはない! 科学万能の世の中だからこそ、人は超自然のものに憧《あこが》れるんです」

と、末次は言った。「その話、ぜひうちの局でスクープさせて下さい! 早速明日のワイドショーで取り上げましょう。構わんでしょう?」

「でも、妹がどう思うか……」

聞いていたマリは、ひとみが「前の前の夫婦」の話まででっち上げて、副田の事件を呪いのせいにしようとしていることに気付いた。

呪いのせい、ということになれば、法律上はともかく、世間的に、副田も「呪いの犠牲者」ということにできる。

「すぐ、ワイドショーのプロデューサーをここへ呼びます」

末次は早くもケータイを取り出していた。


「お世話になりまして」

マリは、動物病院の夜間出入口で頭を下げた。

「やあ」

当直の医師が出て来て、「幸い、傷はそう深くなかったよ」

「そうですか」

「何だか、お腹空かしてるみたいだよ」

「分ります?」

医師はちょっと笑って、

「僕がサンドイッチをつまみながらそばを通ったら、凄《すご》い目つきでにらんでたからね」

恥ずかしい……。マリは赤面した。

この動物病院は、入院できるだけでなく、年中無休、二十四時間診療という、ペット愛好家にはよく知られた所らしい。

「──遅いぞ」

と、マリを見て、ポチが唸った。

「少し辛抱しなさいよ。せっかく、高いこの病院に入れてくれてるんだから」

「当り前だ。何しろこっちは命の恩人だぞ。本当は悪魔が人助けなんかしちゃいけねえのに」

「人間の世の中じゃ、そのやり方に従って生きないと。――ほら、有名なイタリアンレストランのステーキだよ」

「いい匂いだ！」

「焦らないで！　傷口が開くよ」

と、マリはあわてて言った。

ポチはアッという間にマリが包んでもらったステーキやパスタを平らげてしまった。

「――その食欲がありゃ、すぐ治るよ」

と、マリは呆《あき》れて言った。

「おい、あの女、どうした？」

「あかりさん？　今、お姉さんの所。私もそこに泊めてもらう」

「そいつはありがてえ。飯も食わしてくれるんだろ？」

ポチもまず色気より食い気なのだ。

「でも、妙なことになってるよ」

マリが友永ひとみの思惑について話すと、

「ふーん。わざわざTVで？」

「あの部屋のせいにすれば、副田さんの罪も軽くなるでしょ」

「だけどよ、刑務所を出た後、俺のことを逆恨みして、また刺されたりしたらいやだぜ」

「大丈夫でしょ。それにあんた、あかりさんを助けたヒーローよ」

「ああ。けがのお礼に、あの女と風呂《ふろ》へ入りてえな」

「呆れた」

マリはため息をついた……。


「副田あかりさんの命を救った勇敢な犬がこちらのポチさんです！」

ライトを浴びて、ポチがTVカメラを向けられ、ちょっと気取ってポーズを取っていた。

動物病院には、朝からTVのワイドショーの取材班がやって来ていた。

病院の方も、いいPRというので、

「当院は年中無休、二十四時間態勢で、ペットの皆さんの命を守っています！」

と、宣伝している。

マリは見物していて苦笑したが、病院もポチのことを大事にしてくれるだろうと思えて、嬉《うれ》しかった。

「——きっと話題になるわ」

と言ったのは、取材の様子を見に来た、友永ひとみだった。

「あかりさんは？」

「あっちのマンションのロビーで待ってるわ。部屋には入りたくないらしくて」

「呪われた部屋、ですか」

「その通り。夫婦が過去三組、あそこで殺し合った」

「一組、増えたんですか？」

「まあね。——これが広まれば、副田さんに罪はないってみんな思うでしょ」

マリは気になっていた。

「ひとみさん。あかりさんがあのとき逃げて来たのは、どういう事情だったんですか？」

と訊く。

「それこそ、少し前から副田さんの様子がおかしかったって。ひどく嫉妬《しっと》深くなって、あかりがパーティで他の男と話してた、って急に怒り出したそうよ」

「あの夜ですか？　でも、パーティから帰ったときは、そんな様子、見えなかったけど……」

と、マリは首をかしげた。

「きっと、本当に呪いがかかってるのよ」

マリは天使として、「呪い」なんて迷信を広めるのに力を貸すことはできなかった。

でも――もし、あの部屋に、人を暴力に駆り立てる何かがあるとしたら……。

「私、ひと足先に、あかりさんのマンションに行っています」

と言うと、ひとみが何か言う前に、マリは動物病院から駆け出して行った。

## 4　嫉妬

「本当に申し訳ありませんでした」

と、深々と頭を下げられて、副田あかりはちょっと面食らった。

「どうしてあなたが……」

と、あかりは訊いた。

あかりに謝っているのは、このマンションのフロントの女性だった。

〈野田夕美《のだゆみ》〉というネームプレートを胸に付けていた。

「いえ、やはり当マンションの責任もございます」

と、野田夕美は言った。「特に、オートロックの扉が故障していて、直していなかった間、誰でも中に入れたのですから」

「でも、そのおかげで、私、助かったのよ。あのマリって子とポチって犬が居合せたんですもの」

「そうおっしゃっていただくと……」

紺のスーツを着た野田夕美は、三十前後か、落ちついた感じの女性だった。

ロビーで、あかりは姉と取材陣がやって来るのを待っていた。

あかりのケータイが鳴って、

「——もしもし。——ええ、マンションのロビーにいるわ。——あと十五分くらいね？分ったわ」

あかりは、野田夕美に、

「少し騒がしくなるけど、ごめんなさいね」

と言った。

そのとき、

「ここか！」

と言いつつ、男がマンションに入って来た。

あかりが驚いて、

「まあ！　大町《おおまち》さん！」

「あかり！　大変だったね！　怖かっただろ？」

大柄で、逞《たくま》しい体に派手なスーツ。

大町は、あかりが副田と知り合う前、付合っていた男で、元レスリングの選手だったが、今は引退してタレント業だ。

「俺が来たからには、もう大丈夫！　あんな奴を君に二度と近付けるもんじゃないよ」

と、大町はギュッとあかりを抱きしめた。

「あの……大町さん……。苦しいわ」

「や、ごめん！　つい力が入ってね」

あかりはやっと大町を押し戻すと、

「ね、ここにいられると困るの。お願い、帰って」

と言った。

「どうして困るんだ？　俺は君を守るために来たんだぜ」

「守るって、誰から？」

「そりゃ、もちろん副田からさ」

「ちょっと待ってよ！　副田は私の夫よ」

「だって、君を殺そうとしたんじゃないか」

と、大町は呆れたように、「君はそんな奴をかばうのか？」

「でも、彼のせいじゃないかもしれないのよ。ね、お願い、今はともかく帰って。TVの人たちが取材に来るのよ」

それを聞くと、大町は、

「そりゃ好都合だ。TVカメラに向って、君を抱え上げて見せてやる！　君が俺のものだということを見せつけてやるんだ」

大町はまるで分っていない。

「ね、お願いだから——」

と言いかけたあかりを、大町はヒョイと抱え上げた。

「どうだ、気持いいだろ？　俺にこうされてウットリしてたじゃないか」

「下ろしてよ！」

と、あかりは手足をバタつかせた。

そこへ、ちょうどマリがやって来たのである。

「——何してるんですか？」

と、マリが目を丸くしている。

「マリさん！　お願い！　TV局の人たちがここへ来るわ。この人を何とか……」

「どなたか存じませんが……」

と、マリは言った。「あかりさんは下ろしてもらいたがっているようですよ」

「何だ、お前は?」

「天使です」

「天……?　どうかしてるんじゃねえのか」

「そんなところを人に見られたら、副田さんがあかりさんを刺そうとしたのは、あなたのせいだと思われますよ。あかりさんも、夫を裏切っていたと思われるでしょう。おやめになった方が」

「フン」

大町はふくれっつらになって、「生意気なガキだな。よし、お前から片付けてやる!」

あかりを下ろすと、マリへつかみかかろうとする。マリは素早くマンションの外へと飛び出した。

「待て!」

大町が追いかけて行く。

「本当に、もう……」

あかりが息を弾ませていると、正面に車が停って、姉のひとみとTV局のクルーが降りて来た。

「ここが、〈呪われた部屋〉です!」

と、大げさな口調で言ったのは、派手なメイクの女性で、マユミというタレント。ワイドショーのリポーターをつとめている。

「いかがでしょうか。やはり、どこか空気が重たく感じられて、私はここへ入ったときから、背筋がゾクゾクするような寒気を覚えています!」

カメラに向って、マイクを握り、いかにも怪しげな感じで居間の中を見回している。

「風邪ひいてんじゃないの……」

と、マリは小声で呟いていた……。

大町をあちこち引張り回し、うまく逃げて来たのである。

TVカメラを肩にのせて、カメラマンが〈508〉の部屋を撮って回っている。

「まあ、TVなんて、こんなもんよ」

と、友永ひとみは言った。

「でも、あの大町って人、またマンションにやって来るかもしれませんね」

と、マリは言った。

「困ったもんね」

と、ひとみは苦笑して、「体ばっかり大きくて、マナーも何も知らないんで、あかりもすぐ嫌気がさして別れちゃったのよ」

「分ります……」

と、マリは肯いた。

「そういえば、ポチはずいぶん元気そうだったわね」

「食べてさえいりゃいいんです。じき、退院できると先生も……」

リポーターのマユミが、マイクをあかりに向けて、

「ご主人に刺されそうになったとき、あかりさんはどこにいらしたんですか？」

と訊いた。

「え……。あの……寝室です」

と、あかりが目を伏せる。

「あ、そうですよね！　すみません。そのとき、あかりさんはあまり衣服を身につけていらっしゃらなかったんですよね」

「はあ……」

「で、ご主人の方は？　やはり衣服を——」

「パジャマを着てました」

「まあ、パジャマを！　呪われたパジャマだったんでしょうか」

何だかピントの外れたリポーターである。

そのとき、玄関のドアが勢いよく開いて、

「逃がさねえぞ！」

と、大町が真赤な顔をして現われた。「おい、そこのチビ！」

大町は入って来ると、

「あかり！　迎えに来たぜ！」

と、両手を広げて言った。

「あの――ちょっと」

あかりがあわてて、「今、TVの収録中なの！　邪魔しないで！」

「お前は俺のもんだ！」

と、大町がマユミを押しのけて、あかりへ迫る。

あかりはあわてて逃げた。

だが――そのとき、思いもかけないことが起ったのだ。

「何よ！　私のこと、忘れたって言うの？」

と、甲高い声で叫んだのは、何とマユミだったのである。

「何だ？」

大町はマユミの方を振り向いて、「お前――誰だっけ？」

「ひどい！　私のこと、散々もてあそんでおいて！」

「ああ、マユミか。――メイクが濃過ぎて分らなかった」

と、大町は笑って、「お前、何してるんだ、こんな所で？」

「この人、TVのリポーターです」

と、マリが説明すると、

「まだそんなことやってるのか。もういい加減諦《あきら》めろ。お前はどうせスターにはなれないよ」

大町はアッサリ言い放つと、「あかり！　どこに行ったんだ！」

と、他の部屋を捜し始めた。

――何だかおかしい。

マリは、リポーターのマユミが、目を血走らせて大町をにらんでいるのに気付いた。この人、本気で怒ってる！

マユミの手からマイクが落ちた。そしてマユミはキッチンへと駆けて行った。

「ひとみさん、何だか危いですよ」

と、マリは言った。

「どうなってるの？」

と、ひとみも唖然《あぜん》としている。

キッチン……。包丁がある！

マリは駆けて行った。――マユミが包丁を一本抜き取ると、大町の後を追って行く。

「誰か止めて！」

と、マリは叫んだが、カメラマンはカメラを回しているばかり。

他のスタッフも呆気《あっけ》に取られていた。

「キャッ！」

と、あかりの叫び声がした。

「あかりさん！」

マリが駆けつけると、寝室の中で、あかりと包丁を手にしたマユミがベッドを挟んでにらみ合っていた。

「何するのよ！」

と、あかりが言った。

「大町さんを奪ったわね！」

と、マユミは別人のように叫び声を上げた。

「落ちついてよ！　あなた――大町さんと？」

「私のこと、『可愛い』って言ってくれたのよ！　『ずっと可愛がってやる』って！」

マリは、大町がポカンとして、その光景を眺めているのを見て、

「早く止めなさいよ！」

と、腕をつついた。

「俺が？」

「あなたのせいなんでしょ！」

「知るか！　あんな女に——包丁で刺されたくない！」

「大きななりして何よ！」

マリは仕方なく、「待って！　この部屋のせいなのよ！　マユミさんが嫉妬してるのも、ここの呪いのせいよ！」

と、割って入ろうとした。

「マユミさん！　リポーターでしょ！　自分がリポートされる方になってどうするの！」

マリの声は、マユミを正気に戻したらしかった。マユミは自分の手にした包丁に初めて気付いた様子で、

「キャッ！」

と、悲鳴を上げて、包丁を取り落とす。

「どうなってるの？」

と、あかりが大きく息をついて、「私、二度も刺されそうになった！」

# 5　呪いの連鎖

「まことに申し訳ない」

と、頭を下げているのは、TV局のプロデューサー、末次である。「マユミは即刻クビにするから、勘弁してくれ！」

「待って下さい」

と、友永ひとみが言った。「マユミさんのせいじゃないんですよ。この部屋のせいです」

「しかし、マユミが大町と……」

「そんなの勝手でしょ。リポーターは恋愛しちゃいけないんですか？」

「そうじゃないが……」

「だったら、マユミさんを許してあげて下さい。その分、TVのリポートを倍の時間にしてもらえれば」

マリは、ひとみが妹のためとはいえ、交渉が達者なことに驚いた。

「分った。――おい、マユミ！　よく礼を言え」

「はい……」

我に返ったマユミはすっかり小さくなっている。「でも……本当に私、何も分らなくなってしまって……」

「私、もうここには住めないわ」

と、あかりが言った。

——居間の空気はごく平穏だった。

大町はマンションから叩き出されていた。

「それから、末次さん」

と、ひとみが言った。「もう一つお願いがあります」

「何かね？」

「副田さん、保釈されると思うんです。その保釈金を払って下さい」

末次は目を丸くしたが、ひとみに、

「局のリポーターが人を殺そうとした、ってニュースになるよりいいでしょ」

と言われると、肯くしかなかった……。

「呪いか……」

と、ポチが言った。「どっちかといや、俺の方の得意分野だな」

「そんなもの、あるのかなあ」

と、マリは首をかしげる。「——あれ？　もう食べちゃったの？」

今日はビーフシチューを持ってきたのだが、ポチはアッという間に平らげてしまった。

「もう明日は退院できるってよ」

と、マリは言った。「今夜でも大丈夫そうね」

「もう二、三日入っててもいいけどな」

「サボるな！」

と、マリはにらんだ。

「それより、あの女から何か言って来てないか？」

「あの女って、あかりさんのこと？」

「当り前だ。俺は命の恩人なんだぜ。何かひと言あっても良さそうなもんだ」

「言ってたわよ」

「本当か？　何だって？」

と、ポチは目を輝かせた。

「うん。ドッグフードを一年分プレゼントするって」

ポチが落ち込んだのはもちろんである。

「——じゃ、明日午前中に迎えに来るよ」

と、マリが動物病院から出ようとすると、

「やあ、良かった！　まだいたのか！」

と、病院へ入って来たのは、プロデューサーの末次だった。

「あ、どうも」

マリは当惑して、「まだ何か？」

TV局は、ポチのこともしっかり取材して行っている。

「いや、友永ひとみさんから、ただリポートして取り上げるだけでなく、生中継でやれと要求があってね」

「生中継？　またあの部屋でですか？」

「いや、TV局のスタジオに来てもらう。あの部屋で、と思ったんだが、マンション会社が、これ以上は勘弁してくれと、うちの社長に泣きついたらしい」

それはそうだろう。「呪われた部屋」なんて、借り手がつくわけがない。

「で、私に何か……」

「ああ、ぜひ明日のスタジオからの中継に、あのワンちゃんに出演してほしいんだ。人の話だけでなく、犬が入ると変化があっていい」

と、末次は言った。「ま、もう少し可愛い犬だともっと良かったが……」

マリはふき出しそうになるのを、何とかこらえた。

「分りました。どうせ明日の午前中に退院しますから。本人も喜んで出演すると思いますよ」

「ありがたい！　では午前十時に、ここへ迎えをよこすよ」

「分りました。私も少し前に来ているようにします」

と言って、「あの――出演すると、ギャラは出るんでしょうか？」

何しろ生活がかかっている。

「もちろん！」

と、末次は肯いて、「ドッグフード、一年分でどうかね？」

「結局どうなったんだ？」

と、ポチが仏頂面で（？）訊いた。

「心配しないで。あんたはドッグフードが嫌いだって言っといたよ」

と、マリは言った。

「フン、犬だと思って馬鹿にしやがって」

「そりゃ仕方ないでしょ」

二人は動物病院の待合室で、TV局の迎えの車を待っていた。

「やあ、すっかり元気だね」

と、医師がやって来る。

「お世話になりました」

と、マリは礼を言った。

「いや、こちらも大いに宣伝ができて良かったよ。しかし、こんなに食べるものにうるさい犬は初めてだよ」

マリは恥ずかしくて、聞こえなかったふりをした……。

ちょうどTV局のワゴン車が正面に停った。

マリとポチが乗り込むと、

「おはようございます」

先に乗っていたスーツの女性──。

「あ、あのマンションのフロントの……」

「はい、野田夕美です。よろしく」

「あなたもTVに？」

「社長の命令で。あのマンションのイメージダウンになるのを、極力防げ、と言われまして」

「大変ですね……」

マリとポチを加えた三人は、そのままTV局に向った。

TV局の建物の車寄せに着くと、リポーターのマユミが待っていた。

「大丈夫ですか？」

と、マリはつい訊いていた。

「はあ……。ご迷惑かけて」

マユミの案内で、マリたちは局内の廊下をずっと歩いて、〈スタジオNo.5〉に辿《たど》り着いた。

「――おはよう」

末次が出迎えて、「では早速仕度をしてもらおう」

「仕度って……」

と、マリが戸惑っていると、

「衣裳《いしょう》も用意してあるからね」

と言われてびっくり。

「私もですか?」

「もちろんさ! TV映りがいいかどうかで、視聴者がチャンネルを変えるかどうか、決るんだ」

「はあ……」

何しろスタッフが何人もいて、

「はい、こちらへどうぞ!」

と、マリとポチはアッという間に別々の部屋へ連れて行かれたのだった。

そして、約十分……。

「——じゃ、間もなく生中継に入るからね！」

と、末次がスタジオ中に響く声で言った。

「あの……」

と、マリが言いかけたが、

「はい、君はそのライトの当ってる所に立って！　カメラテストだから動かないで！」

と、指示されてしまうと、その通りに動いてしまうのである。

「——いいね！　可愛い！　うん、君が映るだけで、視聴率は二パーセントは上る！」

「でも……」

マリはいささか情ない思いで、可愛いレースの飾りの付いた、アイドル風のドレス姿の自分がモニターに映っているのを眺めた。

そして、ポチも……。

「俺だってな、悪魔なりのプライドってもんがあるんだぜ！」

と、文句を言っているが、

「今さら仕方ないわよ！」

と、マリは言った。「ちょっとの間、辛抱すればいいんだから」

「だけどよ……」

ポチは、犬用の〈外出着〉を着せられていた。それもピンク。

「うーん！　同じ犬とは思えない！」

と、末次が大げさに感心して、「女の子が大騒ぎするぞ！」

「そうかな……」

と、ポチはそう悪くないか、と思い始めたらしかった……。

「女の子にもてるならいいでしょ」

と、マリが言った。「上等な牛肉もくれるって言ってるし」

二人の内緒話の間にも、どんどん準備は進んでいた。

マリは、とりあえず本番までライトの下を離れて休憩していたが、

「喉《のど》、渇くでしょ」

と、野田夕美が紙コップを両手に持って、やって来た。

「あ、どうも」

野田夕美は出演するわけではなく、放送を見守るだけなので、スーツのまま。

「もう一つ、ポチさんは飲む？」

「紙コップだとちょっと。――私、いただいておきます」

と、マリは紙コップを受け取った。

野田夕美は、他にマユミとあかりにも飲物を渡しているようだった。

「あんた、飲む？」

と、マリはポチに訊いた。

「いらねえよ」

と、ポチは言った。「何だ、それ？」

「これ？――レモンの匂いがしてる」

「俺の鼻にゃ、薬くさいぜ」

と、ポチは言った。

「本番まで、あと一分！」

と、スタッフの声がした。

薬？――マリは紙コップの飲物をそっとすすった。

「――緊張するわね、やっぱり」

と、あかりが紙コップを口もとへ持って行く。

「待って！」

マリが叫んだ。「飲まないで！」

「え？」

こんなタイミングで渡されたら、飲み干さずにはいられない。

「その飲物、何か入ってます」

「入ってるって……」

「キャッ！」

と、叫び声がして、マユミが紙コップを取り落とすと、胸を押えてよろけた。

「飲んだんですね！」

マリはマユミへ駆け寄ると、「吐き出して！　救急車を呼んで下さい！」

マユミが床を転げ回って呻いた。

「ポチ！」

と、マリが言った。「飛び乗って！」

「よし！」

ポチは宙を飛ぶと、マユミの腹の上に思い切り勢いよく「着地」した。マユミが飲んだものを吐き出した。

マリは、野田夕美がスタジオから出て行こうとするのを見た。

「逃がさないで！」

と、マリが叫ぶと、野田夕美がハッと振り向いた。

そして、また駆け出そうとした野田夕美は、床を這《は》っていたTVカメラのコードに足を引っかけ、転倒した。

「――どうなってるの？」

あかりが呆然《ぼうぜん》としている。「どうして野田さんが……」

床に手をついて、何とか起き上った野田夕美は、

「あんたの亭主のせいよ！」

と、あかりに向って叫んだ。

「え？　主人の？」

「じゃあ、野田さん、副田さんと……」

と、マリが言いかけると、

「あのマンションを二人で見に来たときから……」

と、野田夕美は涙声になって、「帰りがけ、私にメモを渡して……。〈電話してくれ〉って、ケータイの番号が書いてあったの……」

「まあ……」

「私は……あの人を奪う気はなかった。でも……結局飽きられたの。あの日、パーティに出かける前、副田は私をマンションの裏へ連れ出して、『もう君とは終りにする』と言った。私の気持なんか、お構いなしに。――私、二人の行ったパーティに潜り込んで、副田の飲物に薬を入れてやった……。暗示にかかりやすくなる薬なのよ。私が副田のケータイに電話して、『奥さんが他の男と寝てる』と吹き込んでやったら、真に受けて……」

「そうなんですね」

と、マリは肯いて、「〈呪い〉なんかじゃなかったんです。リポートに来たマユミさんにも薬を飲ませてた」

「だけど――どうしてここで薬を？」

と、あかりが訊いた。

「〈呪い〉だなんて、本気にしてるあんたたちが憎かったのよ！　亭主に浮気されても気が付かない女が、ＴＶに出て話題になる。そんなこと、許せなかった！」

野田夕美は泣きながら笑い声を上げた。「心配しなくたっていいわ！　毒薬なんかじゃない。下剤を入れといたのよ。生中継の途中で、トイレに駆け込むようにね！」

――末次が困ったように、

「もう生中継の時間だが、どうする？」

と言った。

「本当のことを言って下さい」

と、マリは言った。「〈呪い〉より、捨てられた女性の恨みの方が怖いって」

「お世話になりました」

と、マリは友永ひとみに礼を言って、玄関をポチと二人で出た。

「待って」

あかりが急いで追って来る。「下まで送るわ」

ポチがチラッとあかりを見て、

「見ろ！　俺に気があるんだぜ」

「そんなわけないでしょ」

「え？　何が？」

「いえ、何でも……。あかりさん、あのマンションに戻るんですか？」

「さあ……。でも、主人は釈放されるでしょうが、私、頭に来てるの！　もとはといえば、あの人の浮気から始まったのよ。戻って来てもマンションには入れてやらない！」

エレベーターが一階に着くと、

「じゃあ、お達者で」

と、あかりはマンションの玄関ロビーまで送りに出て来た。

「どうも。――あら」

マリは目を見開いた。

マンションの表に立っていたのは、副田だった。

副田は両手でプラカードを持っていた。

〈ごめんなさい〉

と、そこには書かれてあった……。

# 天使の身替りをさがして

# 1　天の助け

天使が青ざめる光景は、どうにも想像がつかない。

しかし、実際、マリは青くなっていたのである。

「どうしよう……」

と、マリは呟《つぶや》いた。

マリは天国から地上へ研修に出された天使。しかし、ここではあくまでごく普通の十六、七の外見の女の子である。

たまたま一緒になったケチな悪魔と人間界を旅している。こちらは黒い犬の姿をしていて、名はポチ。

このティールームには犬は入れないので、店の中ではマリは一人だった。

そのマリが困っているのは……「3」と「8」だった。

これでは何のことか分らないだろう。

いつものことながら、「金欠」状態のマリとポチ、このティールームの前を通りかかって、〈サンドイッチ300円〉と、店の表のパネルに出ているのを見た。

「300円だって！」

と、マリは言った。「二皿頼んでも600円だ！　ポチ、待ってな。一人分は包んでもらうから」

「急いでくれよ」

と、ポチが早くも舌なめずりして、「腹がへって死にそうなんだ」

ポチの言葉が聞き取れるのはマリだけ。普通の人には、犬が吠《ほ》えているとしか聞こえないのである。

ともかく、マリはポチを店の表に待たせておいて、店の中へ入って行った。

サンドイッチを二皿頼んで、一皿分はテイクアウトにしてもらった。

マリの全財産は千円札一枚。それでも600円払って、400円はおつりが来る――はずだった。

出て来たサンドイッチ一皿をアッという間に食べてしまい、じゃ、ポチが待ってるから行こうか、と思って伝票を見ると――。

「え？」

そこには〈1600円〉と書かれていた。

まさか……。

マリにも分った。表のパネルの文字は、手書きのくせのある字だった。〈800円〉が〈300円〉に見えてしまったのだ！

1600円？　600円足りない！

でも今さら、包んでもらったサンドイッチを「いりません」とは言えない。

かくて、天使が真青になっていた、というわけである。

どうしよう……。

マリは途方に暮れた。まさか天使が無銭飲食で少年院送りでは……。

お店の人に謝って、一人分だけで勘弁してもらうしかないか……。

でも、外ではポチが腹を空《す》かして待っているのだ。

参った！

そのとき……。

テーブルのそばに誰かが立った。見上げると、ジャンパーにジーンズ、ラフな恰好《かっこう》の男性がマリを見ている。

「あの……何か？」

おそるおそる訊《き》くと、

「君、アルバイトしないか？」

これぞ天の助け！

「やります！」

と、何も聞かずに答えてしまった。

「そうか。助かったよ！」

と、相手もホッとしている。

「その代り、お願い！　ここの払い、持って下さい」

マリは相手の手をギュッと握って言った……。


「本当、助かりました」

マリの言葉に、その男性は笑って、

「いや、びっくりしたよ」

と言った。

「もう……あわてんぼなんだから。いくら何でも、サンドイッチが３００円ってこと、ないですよね」

二人のすぐ後を、サンドイッチをアッという間に食べてしまったポチがついて歩いていた。

「それで……アルバイトって、何すればいいんですか？」

と、マリは訊いた。

「うん、ちょっと死体になってもらいたいんだ」

マリは一瞬ギョッとした。この人、殺人鬼なのかしら？

でも、こんな真昼間、人通りのある道で人殺しはしないだろう。

「この先の川岸で、TVドラマのロケをやっててね。刑事物なんだけど、発見された死体の役をやってほしいんだ」

「ああ……。そうですか」

マリはホッとした。

「僕はADの須田《すだ》というんだ。君は？」

「マリです。これはポチ」

「マリとポチ？　憶《おぼ》えやすくていいね」

と、須田は言った。「本当は死体役をスタントの女性に頼んでたんだけど、ついさっき、自転車が引っくり返って、骨折しちゃったって連絡が入ってね」

「じゃ、その人の代りに？」

「うん。誰か見付けて来い、ってディレクターに言われて、探して歩いてたんだ。そしたら、あの店の中の君が目にとまって」

「ラッキーでした、こっちも」

「死体の役じゃ、気は進まないだろうがね」

「いえ、お金になるのなら、喜んでやります！」

と、マリは即座に言った。

「ただね——」

と、須田が言いかけたとき、

「おい！　早くしろ！」

と、誰かが怒鳴っているのが聞こえて、

「いけね、ディレクターが怒ってる。じゃ、すぐそこだから」

「はい！」

サンドイッチ代を払ってもらっているので、マリとしては恩返ししなくては、と思っている。

「——見付かったのか？」

サングラスをかけた、ちょっと不機嫌そうな男が言った。

「この子です」

と、須田がマリの肩を叩《たた》く。「背恰好もちょうどいいかと……」

「ふむ……」

と、サングラスの男はマリをジロジロ眺めていたが、「——まあいいだろう。臨時にしてはいい方だ」

須田がホッとした様子で、

「ディレクターの中里《なかざと》さんだよ」

と、マリに言った。

「マリです。よろしくお願いします」

「ああ。それじゃ、すぐ仕度してくれ」

「はい。マリ君、こっちだ」

と、須田に促されて、近くに停めてあったマイクロバスへ。

中に入ると、ほとんど人がいなくて、紺色のスーツを着た若い女性がタバコをふかしているだけ。

「ミチルさんだ。知ってるだろ?」

と、須田が言った。「この人の代わりにスタントを頼んでたんだけどね」

正直、ほとんどTVを見ていないのでよく分らなかったが、たぶんタレントとして名が知れている人なのだろう。

「この子なの?」

と、マリを見て言った。

「そうです」

「ちょっと若過ぎない? これじゃ子供じゃないの」

「顔は映らないんですから、大丈夫ですよ」

と、須田は言った。「それに、これ以上、探してる時間もないですし」

「そうね。――ま、私はどうでもいいけど」

と、ミチルという女性は肩をすくめて、「ご苦労さま。よろしくね」

マイクロバスの後ろの方がカーテンで仕切られていて、そこでマリはタバコをふかしているミチルと同じ服を着せられた。

「どう？　サイズは？」

須田は、マリがカーテンを開けて出て来ると、「――やあ、ぴったりだね！　良かった」

マリも「死体の役」が楽しいとは思っていなかった。

川岸に、カメラが据えられていて、数人の男たちが待っていたが、下の地面は、昨晩雨が降ったので、濡《ぬ》れてところどころ水たまりができている。

死体だから、あそこに横になるのだろう。マリはちょっと「いやだな」と思ったが仕方ない。サンドイッチ代も払ってもらってるし、それにバイト代ももらえることになっている。

「――どうだ？」

と、ディレクターの中里がマリを見て、「なかなかいいじゃないか」

「ミチルの恰好が似合いますよ」

と、須田が言った。「それでね、マリ君……」

「じゃ、早いとこ撮ろう。その辺に浮んでくれ」

中里が指さしたのは——何と、川だった！

「——浮んで、って……」

マリは唖然《あぜん》とした。

「ごめん！　説明する暇がなかったんでね」

と、須田は言った。「死体が川に浮いてるって設定なんだ」

「川に……。私、川に入るんですか？」

今は十月も末だ。曇り空で、ちょっと肌寒い。

「何だ、言ってなかったのか？」

と、中里は言った。「その辺に浮んでるのを発見されて、岸へ引張り上げられるって場面だ」

「はあ……」

マリもびっくりしたが、今さら「やめます」とも言えない。

「ちゃんと、撮り終ったらすぐ体を暖めるようにするからね」

と、須田が言った。

「分りました」

覚悟を決めるしかない。チラッとポチの方を見ると、

「まあ、しっかりやれ」

と、愉快そうにしている。

すると中里が、

「その犬は何だ?」

と言った。

「私の連れです」

と、マリが言うと、

「ふむ……。どうだ? 犬が川へ飛び込んで、死体をくわえて岸の方へ引張って来るってのは」

それを聞いて、ポチがあわてて逃げ出しそうになる。マリは笑いたいのをこらえた。

## 2　水の底から

うつ伏せに浮ぶ。

言うのは簡単だが、そう都合よくいくだろうか？

ポチの件は、結局、

「そううまくやれる犬はいませんよ」

というスタッフの声で、取り止めになった。

「あの……」

と、マリは言った。「うまく浮ばなかったらどうするんですか？」

「大丈夫、浮ぶよ。息を止めて、ほんの何秒かだから」

須田はマリを岸辺まで連れて行くと、そっと小声で、「ごめんね！　ちゃんと後で……」

後でどうするのか分らなかったが、ともかく、

「じゃ、入ります」

決心して、マリは水辺へと近付いた。

「キャッ！」

冷たい！——ここに浸《つか》るの？

仕方ない。

「大天使様、私が心臓マヒを起さないようお守り下さい」

と、小声で祈ってから、思い切って、「ヤッ！」

と、水へ飛び込んだ。

冷たい！——マリは泳げるが、何しろ死体だ。泳いじゃいけないわけで……。

ディレクターの中里は、

「そこじゃ、岸に近過ぎる！　もう少し離れて！」

と、大声で指示する。

仕方なく、少し泳いで、

「よし、その辺だ！」

というのが聞こえて、マリは大きく息を吸って止めると、うつ伏せの恰好で、水に浮んだ。

そして——何秒か我慢して、もう限界、というところで顔を上げる。

「よし！　OKだ！」

と、中里が怒鳴っている。

「これにつかまって！」

須田が、ロープを結んだ浮輪を投げて寄こした。マリがしっかりつかむと、須田が引き寄せてくれる。

「——よくやった！」

須田がマリを水の中から引き上げる。

「須田さん、濡れますよ」

「僕は大丈夫。さ、近くの家に頼んであるんだ。お風呂《ふろ》を沸かしておいてくれてる」

「ありがとう……ございます……」

水から上ると、急に冷たさが身にしみて、マリはガタガタ震えていた。

「ご苦労さん」

と、ポチが呑気《のんき》に眺めている。

「誰のために食事代稼いでると思ってるのよ！」

と、マリはつい文句を言ってやった。

「さ、こっちだ」

と、須田がマリの腕を取る。

「あの……言わなきゃいけないことが……」

と、マリはブルブルッと頭を振って、「誰かいました」

「誰かいた？——どこに？」

「水の中です」

と、マリは言った。「うつ伏せで浮んだとき、底の方が見えたんです。水が濁ってるから、はっきり見えなかったけど、誰か底に沈んでます……」

すぐ近くの家で、熱いお風呂に浸って生き返ったマリだったが、ついでに髪も洗って出てくると、着替えの下着から服まで、新しいものが置かれていた。

その上にメモが一枚。

〈ご苦労さま！　君の服は大分古くなってたんで、僕が見立てて買って来た。下着はこの家の奥さんが選んだ。ゆっくりでいいからね。須田〉

「やさしい人だな……」

マリは呟いた。

大変な思いはしたが、いい人と出会うのは嬉《うれ》しい経験である。

これでバイト代が入れば、二、三日は食べられるだろう。

ドライヤーで髪を乾かし、一応身支度をして──服は少し大きかったが──浴室を出ると、

「あら、さっぱりしたわね」

この家の奥さんがニッコリ笑って、「スープがあるわ。飲んで暖まって」

「もう充分暖まりました。ありがとうございました」

と、マリは礼を言って、「あの……バスタオルはどうすれば……」

「その辺に置いといて。──須田さんって人が、迎えに来るからって言ってたわ」

「そうですか」

──ホッとして、ともかくその家の居間でひと休みする。

スープを飲みながら、ふと気が付くと、

「サイレン？　あれって……」

「ああ、何だかパトカーが何台も来てるわよ」

と、奥さんが言った。「撮影用かと思ってたら、そうじゃないみたい」

そうか。――マリが川底に見た「誰か」のせいだろう。

そこへ須田がやって来た。

「やあ、大丈夫？」

「ええ、何とか」

と、マリは言った。

「悪かったね、とんでもないことをさせて」

「いえ、一応生きてますから」

「冷たかったろう？　バイト代ははずむからね」

その点は嬉しい。ただ、今のマリには別の心配があった。

「警察が来てるんですか？」

「うん、君の見付けたのは、どうやらギャング仲間にコンクリートの重りを付けられて沈められた奴らしい。今、潜水士が潜ってるよ」

マリにも、濁った水の中、ぼんやりとしか見えなかったが、ワイシャツにネクタイをした中年男のようだった。

「コンクリートをくり付けてる鎖を、焼き切らなきゃいけないようでね。少し手間取るだろう」

「須田さん、お願いがあります」

「何だい？」

「私、ここにいるとうまくないんです。――死体見付けたのが誰か、って必ず訊かれるでしょ。私、身分を証明するもの、持ってなくて、怪しまれると……」

「でも、君が殺したわけじゃないんだから」

「それでも、身許《みもと》のはっきりしない人間のことは、疑ってかかるんです、警察の人は」

マリとポチは、これまで何度も大変な思いをして来ていた。

「そうか。君は……家出して来たの？」

須田に訊かれて、他にどう説明しようもなく、

「私、天使なんです」

「は？」

「天国から、この地上に研修に出されて……。でも天使であるって証明書とかないんで」

須田がポカンとしている。――当然だろう。

マリは、心ひかれていた須田に、「こいつ、少しおかしいのか？」と思われるのは辛か

ったが、

「信じてもらえないでしょうけど、本当なんです。あの……バイト代、後でいただきに行きますから、今はどこへ行ったか分らないということに」

「うん……。そういうことなら……」

マリたちは、その家を出た。

「──まずい」

と、須田が言った。

ちょうど、現場へやって来た刑事がこっちへ来るところだったのである。

「その子か」

と、刑事は言った。「M署の坂井《さかい》という者だ。君が奴《やつこ》の死体を見付けたんだな」

「奴って名の人なんですか？」

坂井という刑事は笑って、

「面白い子だな。奴の名は小田桐康《おだぎりやすし》。──まだ死体は上ってないが、潜水士が写真を撮って来た」

「そうですか。あの──私はたまたまアルバイトで」

「うん、事情はこの男から聞いた」

「ですから、私、何も知りません。この後、ちょっと急ぐ用があるので失礼します」

と行ってしまおうとしたが、

「しかしね、一応死体の発見者として話を聞きたい。一緒に署まで来てくれ」

こうなるのは分ってたのに……。

マリは、川底にある死体のことなんか、言うんじゃなかった、と今になって後悔していた。

川岸の方で声が上った。

「おや」

と、坂井が言った。「どうやら死体が上ったようだ」

促されて、マリも仕方なく坂井と一緒にあの岸辺に向った。

地面に横たえられているのは、マリが川底で見た中年男だ。

「沈められて、まだそうたっていない」

と、坂井が言って、マリの方へ、「君が見たのは、この男に間違いないね」

「ええ」

「小田桐は、色々危い商売をしていた組の会計係だった。――何かへまをやったんだろうな」

「気の毒ですね」

マリはチラッとポチの方へ目をやった。

「おい、早いとこ引き上げようぜ」

と、ポチは言った。

「分ってるけど……」

坂井がポチの方を見て、

「君の犬？」

「ええ……。飼ってるって言うより、道連れです」

そこへタクシーが停って、中年のやせた女性が降りて来た。

「小田桐の細君だ」

と、坂井は言った。

青ざめた女性は、よろけるような足取りでやって来ると、死体を見て、息を呑《の》んだ。

「あなた！　何てこと……」

「雅代《まさよ》さんだったな」

と、坂井は言った。「行方不明の届が出ていたな。しかし――結局、こういうことだったんだ」

「あなた……」

放心したように呟くと、雅代という女は、ふとマリの方を見て、「この娘が……」

「え？」

マリが戸惑っていると、雅代は突然、キッと眉《まゆ》をつり上げ、

「夫を返して！」

と言うなり、いきなりマリへつかみかかった。

「ちょっと！――やめて下さい！」

マリが必死で押し返す。

ポチの方は「我関せず」という顔でそっぽを向いてしまった。

坂井は止めようともしない。須田が急いで小田桐の妻を引き離すと、

「何するんです！　この子は死体を見付けただけですよ！」

「そんなわけないわ！　この娘のせいよ！　あの人は……この娘のために……」

雅代が泣き崩れる。

マリは呆然《ぼうぜん》として立ち尽くすばかりだった……。

## 3　隠し子

「すると君は……」

と、坂井刑事が淡々とした口調で言った。「殺された小田桐康の娘ではないと言うんだ

ね？」

　マリが返事をするまでに、少し間があった。

「――違います」

　と、マリは言った。

「そうか」

　坂井は肯《うなず》いて、「では、君が小田桐の死体を見付けたのは、あくまで偶然だったと言うんだね」

「もちろんです」

「それなら、なぜ自分の名も身許も言えないのかね？」

「それには色々事情があって……」

「警察に対して話すことのできない事情とはどういうことかな？」

「それは……」

　マリは疲れ切って、それ以上言えなかった。

　M署の取調室。――机一つを挟んで、坂井刑事と向い合って座ったマリは、この全く同じやりとりを、もう三十回以上くり返していたのである。

　殺された小田桐康の妻、雅代が、

「夫は自分の娘だと言う女の子のために、お金をせびられ続けていた」

と話したせいで、マリが疑われたというわけだった。

しかし、マリが偶然アルバイトで川へ入り、死体を発見したいきさつは、ＡＤの須田が証言してくれている。それでも、こうしてマリを犯罪者扱いしているのは、「身許を明かさない」のは「何か知られては困ること」をやって逃げているからだと見ているせいだろう。

マリも、これまで色々警察でいやな思いをさせられて来たが、この坂井のようにネチネチといたぶられるのは初めてだった。

この刑事に「天使なので」と話したら、もっと怪しまれてしまうだろう。

仕方なく、マリは同じ問いに同じ答えをくり返しているのだった……。

ドアが開いて、

「坂井さん」

と、他の刑事が顔を出す。

「ああ。──ちょっと失礼するよ」

と、坂井が立ち上る。

「お願いです。お茶を一杯……。喉《のど》がカラカラで……」

と、マリは言ったが、坂井は聞こえないふりをして、出て行った。

「ああ……」

マリはぐったりと机に顔を伏せた。

こんなことになるなんて……。

大天使様、研修に出すなら、ちゃんと身分証明書くらい持たせて下さいよ!

文句を言ってやりたかったが、言葉にする元気がなかった。

——このまま、同じやりとりをあと何十回くり返すのかしら……。

顔を上げると——ドアが細く開いていた。

ふと、「ここから逃げてしまおうか」と思った。

廊下からは話し声は聞こえて来ない。

マリはそっと立ち上ると、ドアの方へと近付いて、外の様子をうかがった。

人の通る気配はない。今の内に……。

しかし——ドアのノブをつかんだ手は止った。

これは「罠《わな》」かもしれない。逃げようとするのを待ち構えているのでは……。

マリは思い直して椅子に戻った。

少しして、坂井が戻って来ると、

「疲れたかね」

と言った。

マリは坂井の表情に、明らかにがっかりした様子を見て取って、やはり自分の直感が正しかったと思った。

「――さて」

と、坂井は椅子にかけると、「それで、君は小田桐康の娘ではないと――」

と言いかけた。

ドアが開いて、

「坂井さん」

と、また他の刑事が顔を出す。

「何だ！」

坂井が苛々《いらいら》と言った。

「署長がお呼びです」

「今、忙しいんだと言え」

「どうしても、と……」

坂井は舌打ちして、出て行った。

今度はどうやら本当の「用事」らしい。

「今ごろポチの奴……」

お腹空かしてるだろうな、とマリは思った。もちろん、マリ自身だってお腹が空いているのだ。

坂井は意外に早く戻って来た。そして、不機嫌な顔をして、

「帰っていい」

と言った。

「――え？」

聞き間違いかと思った。しかし、坂井はくり返さず、

「今度何かやったら、容赦しないぞ」

と、マリをにらんだ。

今度何かやったら、って……。何もしてないのに！

マリは言いたい思いをのみ込んで、椅子から立ち上ると、

「失礼します」

と、あえて一礼して取調室を出た。

表に出ると、もうすっかり夜になっていた。

ホッとしたせいか、歩き出そうとすると、よろけて膝《ひざ》をついてしまった。

駆け寄って来る足音がして、

「大丈夫か！」

と、助け起こしてくれたのはＡＤの須田だった。

「須田さん……。私……もう……」

安心して気が遠くなり、マリは気を失ってしまったのだ……。

おいしそうな匂い……。

情ないようだが、食欲を刺激されて、マリは気が付いた。

ソファに寝かされていたマリは起き上ると、テーブルに用意されたステーキに見入ってしまった。

「お腹空いたろ?」

須田が言った。「食べていいんだよ」

「はい!」

マリはまず水を思い切りガブガブ飲んで、息をつくと、「いただきます!」

と、ナイフとフォークを手にしたが、

「あの――ポチはどうしてます? あいつ、すぐお腹空かせるんで」

と訊いた。

「大丈夫。ポチにはちゃんと食べさせてるよ」

「良かった。――じゃ、遠慮なく」

マリはアッという間にステーキを平らげてしまった。少し落ちつくと、

「ここ……ホテルですか?」

かなり立派なツインベッドがあって、マリは改めて部屋の中を見回した。

「うん。ルームサービスで頼んだんだ。まだ何か食べるかい？」

「はあ……」

マリは少し迷ってから、「じゃ、カレーライスを」

須田は電話で注文すると、

「僕のせいで、とんでもない目にあわせちまったね。申し訳ない」

と、マリに詫《わ》びた。

「須田さんのせいじゃないですよ」

「しかし、君は少しも怪しいことなんかしてないのに、あんなにしつこく取り調べるなんて……」

「あの小田桐って人のことですけど――」

と、マリが言いかけたとき、部屋のドアが開いて、四十五、六かと見える上品なスーツ姿の女性が入って来た。

「あなたがマリさんね」

と、女性は言った。「とんだとばっちりで気の毒だったわね」

「あの……」

「私は安本夏子《やすもとなつこ》というの。以前、小田桐康さんの下で働いてた」

「はあ……。じゃ、もしかして、あの奥さんが言っていたのは……」

「小田桐さんの隠し子のことね？　確かに、私には今十四歳になる娘がいるわ。結婚しないで産んだので、そのときは小田桐さんの子かと噂されてた」

「本当は違うんですか？」

「どっちとも返事しないことにしているの。父親が誰でも、私は貴代《たかよ》を誰にも頼らずに育てて来たわ」

「でも、あの奥さんは――」

「ええ。小田桐さんがそう言っていたのかどうか分らないけど、奥さんは貴代が小田桐さんからお金をゆすり取ってたと信じてらっしゃるようね」

「でも、どうしてそんな……」

と、マリは言って、「――あ、ポチ？」

ドアの向うで犬の吠えるのが聞こえたのである。

須田がドアを開けると、ポチがのっそりと入って来て、

「元気かい」

「ちっとも。でも、良かった。あんたが飢え死にしてなくて」

と、マリは言って、ポチの頭を撫《な》でた。

ポチの後から、ブレザー姿の少女が入って来た。

「あなたがその犬の飼い主？」

と、その少女が訊いた。

「ええ。面倒みてくれたの？　愛想のない犬でしょ」

「ううん。凄《すご》く人なつっこくて、可愛いわ」

と言われてマリはびっくりした。

こいつ！——外面がいいんだから！

ポチをにらんだが、ポチの方はそしらぬ顔でそっぽを向いていた。

「これが娘の貴代」

と、安本夏子が言った。「今、中学二年生なの」

中学二年生の女の子が小田桐にお金をせびっていたとはとても思えなかった。

「この人が私と間違えられたの？」

と、貴代がマリを見て、「私、こんなに栄養悪そうに見える？」

マリには、さすがにちょっとショックな言葉だった……。

## 4　代役

「ああ……。気持いい！」

マリは広いベッドで思い切り手足を伸した。

「いつまで寝てんだ」

と、ポチが文句を言った。「もう昼だぞ」

「いいでしょ、こんな所で寝られることなんて、めったにないんだから」

マリとポチはホテルの部屋に一泊することになったのである。ポチの方は本当なら泊れないのだが、目をつぶってくれるよう、須田が頼んでくれていた。

ホテル代は、ディレクターの中里の了解を得て、TV局が持ってくれることになったというので、安心して泊ったのである。

「そんなことより、早いとこずらかろうぜ」

と、ポチが言った。「またあの坂井って刑事が捕まえに来るかもしれねえ」

「うん、分ってる」

マリはベッドから出ると、「私のこと、心配してくれてるの？　ありがとう」

「馬鹿言うな」

と、ポチが口を尖《とが》らして、「こっちだって野犬扱いされて処分されたらかなわねえからさ」

「そうだね。——でも、せっかくあんな寒い思いまでしたんだから、バイト代をちゃんと受け取らないと」

もちろん、マリだって坂井にまた取調べられたくはない。

「じゃ、どこか近くでお昼を食べてから、須田さんに連絡しよう」

「朝飯だって食ってない」

と、ポチが抗議した。

ともかく目を覚まそう、とマリはシャワーを浴びることにした。

「ああ……。いいなあ、熱いシャワー」

と、快いシャワーの刺激に目を閉じている。

――マリには気になっていることがあった。

小田桐が殺されたことももちろんだが、それはマリと直接関係ないことだ。

マリが気にしていたのは、あの坂井刑事が署長に呼ばれて行った後、すぐにマリを帰してくれたことだった。

須田が抗議してくれてはいたが、それでマリを自由にしてくれたわけではないだろう。

もちろん、帰してくれて当然だとは思っていたが、何だかスッキリしないものがマリの中には残っていた。

「――ああ、さっぱりした」

と、バスルームから出たマリは、ソファにダブルのスーツの男が座っているのを見て、

「キャッ」

と、飛び上りそうになった。「ポチ！　あんた……」

「俺にドアが開けられるわけ、ねえだろ」

と、ポチが言った。「勝手に入って来やがったんだ」

「あの……どなたですか？」

と、マリは訊いた。

男は五十歳ぐらいか、髪が少し白くなりかけているが、がっしりした体つきで、どこか危険な感じがあった。

「小田桐を見付けた娘ってのはお前か」

と、男は静かに訊いた。

「はい……」

「俺は庄司《しょうじ》といって、小田桐の雇い主だった男だ」

「は……」

では、この男が小田桐を殺させたのか。

庄司という男はマリの表情を見て、

「小田桐を殺したのは俺の命令じゃない」

と言った。「信じないかもしれないがな」

「そうですか。あの……ちょっと服を着て来てもいいでしょうか」

マリはバスローブだけでいたのである。

「いいとも。急ぐことはないよ。待っている」

と、庄司は言った。

マリはベッドの上に置いた服をかき集めて、急いでバスルームに戻った。

濡れた髪を乾かして、何とか見られる姿になったところで、ちょうど十五分だった。

「──あの、私に何か」

と、ベッドに腰かけて言った。

「死体の役で、川に入ったそうだな」

「そうです。それで小田桐さんが目に入って……」

「しかし、落ちついていたと聞いた。普通、水の底の死体を見付けたりしたら、びっくりしてあわてるもんだ。だがお前は冷静で、ちゃんと死体の役をこなした。どういうことだ？」

「どういうこと、と言われても……」

「あそこに小田桐が沈められていることを、知っていたんじゃないのか」

「私が落ちついていた、って誰から聞いたんですか？」

「坂井って刑事だ。あいつとは長い付合でな」

「じゃ、それであの人、私のことをしつこく――」

「ああ。しかし、お前を帰してやれと言ったのも俺だ」

「どうしてですか？」

「お前とじかに会ってみたくなってな」

と、庄司は言った。「小田桐が沈められてるのを――」

「知りませんよ！　知ってたら、あんな所で死体の役なんてやらない」

「ほう。すると、死体を見ても動揺しなかったのはどうしてだ？」

マリはちょっと間を置いて、

「信じてもらえないでしょうけど、天使って仕事柄、死んだ人は見慣れてるんで」

「――今、何と言った？」

「天使です。エンジェル。私、天国からこの地上に研修に来ている天使なんです」

ついでにポチが、

「俺は悪魔」

と呟いた。

庄司はしばらくポカンとしてマリを見ていたが、やがて声を上げて笑った。

「――いや、お前は面白い奴だ！」

「そうですか？　でも、殺さないで下さいね」

「俺じゃないと言ったろう」

「じゃ、誰が？」

「この世界で、金をごまかしたりしたら消される。当り前のことさ」

「天国じゃ認めません」

「そうだろうな」

庄司は立ち上ると、「邪魔したな」

と、ちょっと肩をゆすって出て行った。


「やあ、元気になったみたいだね」

TV局の玄関を入ると、須田が待っていた。

「おかげさまで」

と、マリは言った。「あの――バイト代をいただきに……」

「うん、分ってる。こっちへ来てくれ」

マリはポチと一緒に、須田の後をついて行った。ポチはアイドル風の衣裳《いしょう》の女の子を見かけると、

「おい、姉ちゃん、遊ぼうぜ」

なんて声をかけていた……。

連れて行かれたのは会議室みたいな部屋で、

「ディレクターの中里さんが話したいと言ってるんだ」

と、須田が言った。「呼んで来るから待ってて」

「はあ……」

中里はすぐにやって来た。

「やあ、ご苦労さん！」

と、えらく元気よく、「君の死体の役、実に良かった！」

「そうですか」

「それでね、あの役のミチルって子だが」

「あのとき、マイクロバスの中で会いました」

「うん、すまないが、もう一度あのミチルの代役をやってくれないか」

マリはギョッとして、

「また死体ですか？」

「いや、そうじゃない。階段を上って行く後ろ姿を撮りたいんだ」

「後ろ姿……」

「そうなんだ。すぐ終るし、ギャラはあの死体の役と同じだけ払う。どうだね？」

お金の話が出ると弱い。

しかも、階段を上るだけと言うんだから……。

「分りました。いつ撮るんですか?」

と、マリは訊いた。

「これからすぐにだ!」

と、中里は立ち上って、「君も早くすんだ方がいいだろ?」

「ええ、まあ……」

と、マリは答えて、「あの……本当に階段を上るだけなんですよね?」

「もちろんさ! 嘘はつかないよ。信用してくれ!」

ポンと肩を叩かれて、マリは何だか少しスッキリしない気分で中里について行った……。

## 5 階段

「これ……」

マリは絶句した。「これ……上るんですか」

「うん。なあに、ただの階段だろ」

と、中里は言った。

確かに階段には違いない。いや、神社の石段と言うのが正しいだろうが、ともかく見上げて唖然とするような急な石段である。

中央に鎖が手すり代りに続いていて、それにしっかりつかまって上らなくては、とても上れない。

マリは須田の方をちょっとうらめしげに見た。——分ってたくせに！

須田はいささかわざとらしく、準備に駆け回っている。

仕方なくマイクロバスに乗り込むと、またミチルがタバコをふかしていて、

「やあ、ご苦労さん」

と、手を振った。

「どうして自分で上らないんですか？」

と、マリは言った。

「私、高所恐怖症なの」

と、ミチルはニッコリ笑って、「あんた、天使なんだって？　じゃ、高い所、平気よね」

「そういう話じゃ……」

「それに、私、もういい加減有名だし」

「は？」

「若い内にあの石段上っとくと、出世するんだってよ」

「そうですか……」

「ジーンズにはき替えるのよ。スカートじゃ、もろに中が見えちゃうからね」

階段を上る後ろ姿……。嘘じゃないけど……。

仕方ない。――少々お尻《しり》の辺りがきついジーンズを何とかはいて、カメラの前に。

「じゃ、鎖につかまって、一歩一歩、しっかりした感じで上ってくれ」

と、中里は言った。「やり直したら大変だと思うから、いきなり本番で行こう」

「はい……」

眺めていたポチが、

「へっぴり腰になるなよ！　天使の恥だぞ！」

と、冷やかしている。

「人のことだと思って！」

と、マリはポチをにらんでやった。

よし！　頑張ってやる！

「いつでもいいぞ！」

という中里の声に、マリは大きく息を吸い込むと、

「やっ！」

と、鎖をつかんで上り始めた。

しかし――いくら若いとはいえ、石段を一気に上るのは容易ではなく、それでも、「途中で立ち止らずに上って見せる！」と、自分へ言い聞かせて上って行った。

最後の十段くらいは、息も絶え絶え。

あと三段、二段……。やった！

上り切ったマリは、しばらく動けなかった。汗がふき出してくる。

「何が……階段を上る後ろ姿よ！」

喘《あえ》ぎながら、やっと下を見ると――。あまりの急な石段にゾッとする。

「え……」

上って来たからには……下りなきゃいけない？

マリはそう思い付くと、その場にしゃがみ込んでしまった。

「――やあ、ご苦労さん！」

須田がやって来た。マリはキョトンとして、

「どこから来たんですか？」

「うん、別の方にもっと楽に上れる所があるんだ」

それをわざわざ……。マリには人間が分らなくなった……。

「もういいんですね」

と、やっと立ち上ると、「そっちの楽な方から下ります」

「いや、それがね……」

と、須田が申し訳なさそうに、「中里さんが、『上りの絵は凄く良かった！　ぜひ下りも欲しい！』と言い出してね」

と、手持ちのビデオカメラを見せる。

「だって――『上りの後ろ姿』の約束でしょ！」

「うん、しかし……。そこを何とか。下りの後ろ姿を、僕がここで撮る。全員で上って来たら大変なんでね」

マリはため息をついた。

「分りました。――ここを下りりゃいいんですね」

とは言ったものの、下りるのは上る以上に大変そうだ。

もし足を踏み外したりしたら……。一巻の終り、である。

とはいえ、もちろん普通に人々が下りているのだから大丈夫だろうが、見ていると、やはりほとんどの人は上って来るだけでやっと。下りとなると、もう一つの楽な方へと回るらしく、下りている人は一人もいない。

須田がケータイで連絡を取り、

「――了解しました」

と言うと、マリへ、「下で、一旦《いったん》石段を上る人を止めた。誰もいないところで下りてくれ」

「はい。それじゃ……」

と、息をつくと、「須田さん、下り分のギャラも出るんですよね」

「もちろんだよ！　うんとはずむからね」

と、須田は笑って言った。

マリはちょっと動きを止め、それから鎖の方へ歩み寄ると、

「じゃ、行きますね」

と言った。

「うん。後ろ姿を、ちゃんと撮ってるからね」

と、須田はビデオカメラを手に言った。

マリは石段の方を向いて、鎖へ手を伸した。そのとき、

「やめろ！」

と、鋭い声がして、マリはハッと振り向いた。

立っていたのは庄司だった。

「下りてはいかん」

と、庄司は言った。「お前はこの男に突き落とされるところだったぞ」

須田があわてたように、

「何を言ってるんです！　僕はこの子を撮影しようと――」

「今、カメラを持っていなかったぞ。両手でその子の背中を押そうとしていた」

「馬鹿言わないで下さい！」

しかし、ビデオカメラは須田の足下に置かれていた。ホームビデオと違って、小型とはいえプロ用のカメラは両手を使わなければ撮影できない。

「須田さん」

と、マリは言った。「今、ギャラのことを訊いたとき、嘘をつきましたね」

「マリ君……」

「私、仕事柄、人の嘘には敏感です。でも、本当は信じてあげたい。あなたが自分で思いとどまってくれたら、と思ってました」

「君……こいつの言うことを信じるのかい？　こいつは小田桐を殺させたんだよ」

「それは違う」

と、庄司が言った。「いいか。ちょっとにらんでやったら、震え上ってしゃべったぞ。ミチルがな」

「え……」

「小田桐が金を使ったのは、ミチルを恋人にしておくためだった。しかし、妻に怪しまれると、女のためとは言えなくて、安本夏子の娘が小田桐の子だと噂されていたので、その娘に金をせびられてると言い訳していたんだ」

「ミチルさんが……」

「ミチルと、本当の恋人だった男。——この須田がミチルに入れ知恵して、小田桐に金を出させていた」

須田は、よろけてその場に尻もちをついてしまった。汗が顔に光っている。

そこへ、

「おい、何してるんだ?」

と、やって来たのは、ディレクターの中里と、数人のスタッフだった。

楽な方の石段から来たのだ。

「中里さん……」

「下りは危いから、向うの楽な石段を使って下りて来いと言ったじゃないか」

と、中里は言って、「君、その石段を下りるつもりだったのか?」

「中里さんがそうしろと言ってると聞いて」

「そんなことは言わない。おい須田、どうしたんだ?」

須田は汗を拭《ぬぐ》って、ヨロヨロと立ち上ると、

「いえ……。別に……」

須田は青ざめていた。

「須田さん」

と、マリは言った。「私がここを下りようとして足を踏み外したことにするつもりだったんですね。どうしてそんなこと？」

「小田桐が殺されて――怖くなった。ミチルとのことがばれたら、こっちも危い。ちょうど君が小田桐を見付けたんで、君が小田桐の女だったことにしようと……」

須田の言葉に、中里が面食らって、

「どうなってるんだ？」

と言った。

いつの間にか、庄司の姿は消えていた。

「私が死んでしまえば、何とでも言えると思ったんですね。――ひどいじゃありませんか」

マリはがっかりしていた。でも……人間の男は好きな女のためなら、何でもしてしまう生きものだということも分っていた。

「本当のことを、ちゃんと警察に話して下さい。小田桐さんを誰が殺したのか、捜査してくれるように」

と、マリは言った。

「――とんでもないことになってたんだな」

と、中里が目を丸くしている。

「でも、ギャラはちゃんと下さいね」

と、マリは念を押した。


TV局の通用口を出ると、ポチが待っていた。

「もらって来たよ、ギャラ」

と、マリはポケットを叩いて、「これで当分は食べる心配しなくていい」

「じゃ、早速、旨《うま》いもん食いに行こうぜ」

と、ポチは言った。

「あんたは食べることばっかりね。――あ」

目の前に大きな外車が停って、庄司が降りて来た。

「お前に迷惑かけたからな」

と、庄司は言った。「飯でもおごろう」

「どうも。――このポチも一緒でいいですか？」

「いいとも。料亭の離れですき焼が食える」

「すき焼！　腹が鳴って来るぜ！」

と、ポチが声を上げた。

マリとポチを乗せて、車が走り出す。

「――庄司さん。私のことはいいんですけど、あの須田さんとミチルさん、殺したりしないで下さいね」

車の中で、マリは言った。

「奴はお前を殺そうとしたんだぞ」

「でも――本当はできなかったかもしれません。あなたが止めなくても」

庄司は笑って、

「人のいいことだ」

「天使ですから」

「そうか。そうだったな」

「小田桐さんがミチルさんのためにお金を使ってるって、どうして分ったんですか？」

「安本貴代が小田桐の娘じゃないと知っていたからな」

「どうしてそれを――」

「あれは俺の娘なんだ」

と、庄司は言った。「安本夏子と惚《ほ》れ合ってできた子だ」

「へえ……」

「しかし、夏子は俺に何も求めなかった。その代り、俺の子だということも忘れてくれと言った。――その方が、貴代のためだ。俺も承知した」

「そうだったんですか」

庄司は窓の方へ目をやって、

「小田桐を殺したのは俺の部下だ。俺が言いつけたわけでなくても、責任はある。俺は今の地位から退くつもりだ」

と言った。

「小田桐さんのご家族に償いをしてあげて下さい」

「ああ、そのつもりだ」

と、庄司は肯いて、「ふしぎだな。お前を見ていると、何かいいことがしたくなる」

「天使ですから」

マリの言葉に、庄司は愉快そうに笑った。

ポチはひたすら「すき焼」の味を想像して舌なめずりしていたのだった……。

# 長いライバル

## 1　治療

「何か古くなったものでも食べたんだろうね」

と、その若い医師は言った。「変なものを口に入れないように、よく見てないと」

「はい。――すみません」

と、マリは神妙に言った。

「飼い主の責任だからね、それは」

「はい……」

「昔の犬は、傷んだものはちゃんとかぎ分けて、食べなかったもんだけど、今は食べ残しをあげる飼い主はほとんどいないから。犬の方も慣れてないんだね」

「すみません。よく言って聞かせますので」

「ま、注射一本、射《う》っておくから。薬をのんだら、二、三日で治るよ」

「よろしくお願いします」

と、マリは頭を下げた。

診察台の上で唸《うな》っているのは黒い犬、ポチである。

「じゃ、注射の用意をするから」

と、医師が席を立った。

マリは声をひそめて、

「だから言ったでしょ！　あんな所に残ってるもの、食べたら危いって！」

と、文句を言った。

「腹が減って死にそうだったんだ」

と、ポチが言い返した。「お前が稼いで来ねえからいけないんじゃないか」

「それにしたってさ……」

人間の少女と黒い犬が会話しているのは、二人が普通の少女と犬ではないからだ。

マリは、天国から地上へ研修に来ている天使。ポチは地獄から「成績不良」で叩《たた》き出されて来た悪魔である。

ポチの言葉は、マリにだけ通じる。人間には、ただ犬が吠《ほ》えているとしか聞こえない。

いつもなら、〈動物病院〉なんて、柱にしがみついても行きたがらないポチだが、今はさすがに腹痛で、そんなことも言っていられないようだった。

注射なんて、下手すりゃ医師にかみつくところだが、今回はおとなしく射たれている。

「――ありがとうございました」

ポチを連れて、待合室に戻る。

お金ないのに……。でも、今日のバイトでもらった三千円があるから、ここは何とかなるだろう。

今、ペットの時代で、〈動物病院〉は大繁盛である。もう夜の九時ごろだというのに、待合室には、色んな犬や猫が――もちろん飼い主付きで――順番を待っていた。

「やれやれ……」

と、ポチが呟《つぶや》く。「痛みが大分おさまって来たぜ」

「やっぱり注射は早く効くね」

マリが顔を上げると、猫を入れたケージを傍らに置いた男性が愉快そうに、

「犬と話ができるみたいだね」

と言った。

「あ……。いえ、勝手に想像して……」

と、マリはあわててごまかした。

「いや、本当に話が通じてるんじゃないかと思うことって、あるよね」

四十代だろうか。勤め人らしいが、会社帰りという様子ではなかった。

「猫ちゃん、具合悪いんですか?」

と、マリは訊《き》いたが、もちろん、どこか悪くなきゃ、ここへ来ないだろう。

「まあね。ちょっと食欲が落ちてるんだ。キャットフードの味が気に入らないだけかもしれないけど」

大方、室内だけで飼っているのだろう。

「ええと……マリさん？」

と、窓口の女性に呼ばれて、

「はい！」

と、あわてて立ち上がる。

「これ、お薬ね。それとお会計を」

一体いくら取られるんだろう、とヒヤヒヤしていると、

「お薬は一日二回、お食事に混ぜてあげてね」

「はい……」

「薬代が八百四十円……」

マリはホッとしたが、続けて、

「注射代と合わせて……一万二千円ね」

「一万……」

マリは絶句した。

「よく効いたでしょ、あの注射？」

「ええ、本当に……」

どうしよう！　確かに、保険も何もないのだから……。

「あの……分割払いできませんか？」

おずおずと訊いたが、窓口の女性は、ちょうどかかって来た電話に出て、

「〈A動物病院〉でございます。――あ、どうも。ピンキーちゃん、どうかしまして？――

――そうですか。ではこれからおいでになりますか？」

と話している。

マリは一瞬、「このまま逃げちゃおうか？」と思ったが、天使がそんなことできない！

しかし、どこをどう探したって、そんなお金――。

「はい、お待ちしております」

と、電話を切る。「ええと……」

「あの……その……」

と、口ごもっていると、

「僕と一緒にしてくれ」

と、マリのそばへやって来て言ったのは、あの中年男性。

「あ、お知り合いですか、神田《かんだ》さん？」

「うん、ちょっと知ってる子でね。僕の〈エビアン〉と一緒に払うから」

「かしこまりました」

「あの……でも……」

マリが言いかけると、脇から出た手が一万円札を二枚、窓口に置いた。そして、

「俺が払う」

と、別の男性が言ったのである。

マリが面食らっていると、神田という男性は、

「栗山《くりやま》か」

と言った。「いつ来たんだ？」

「今さ。お前が余計な人助けをしてるのを見てな」

スラリと長身の神田に比べると、栗山とよばれた男は小太りで、年齢はやはり四十代だろうが、頭は少し薄くなっていた。

「大きなお世話だ」

と、神田は一万円札を窓口から押しやって、「この子の分は、僕が払う」

「いや、俺が先に金を出したんだ」

「お前の〈ベンツ〉をまだ診てもらってないだろ」

ベンツ？　車の名前かと思ったら、ショッピングカートみたいなものに、ちょこんと乗っている小型犬が、ひと声、「キャン！」と鳴いた。

「ここは僕が――」

「いや、俺が出す！」

当のマリはそっちのけで、二人の男は言い合いを始めた。マリは呆気《あっけ》に取られていたが、

「すみません！」

と、割って入ると、「私がお金を持ってないのがいけないんです。あの……必ずお返ししますので、ここは、六千円ずつ払っていただけませんか……」

「妙なところを見せちまったね」

と、神田は言った。

「いえ……。ご迷惑かけちゃって」

マリは夜道を神田と並んで歩きながら言った。

ポチは注射が効いたらしく、スタスタと歩いている。マリからすれば、「人の（天使の？）気も知らないで！」ってところだろう。

神田がさげているケージからは、時折、

「ナーゴ」

という猫の声が聞こえていた。

「〈エビアン〉って、お水みたいですね」

と、マリが言うと、

「ああ、この猫、フランスの血が入ってるんだ」

と、神田は言った。

「あの、もう一人の方……」

「栗山かい？　奴の犬はドイツの血が入っててね」

「それで〈ベンツ〉ですか」

「そんなとこだ」

十分ほど歩いて、静かな住宅街へ入った。

「あの……お借りしたお金、必ずお返ししますんで」

と、マリは言った。「ただ、すぐにはなかなか……」

マリは、神田と栗山に六千円ずつ出してもらおうとしたのだが、神田が、

「二人に返すんじゃ大変だろう」

と言って、結局二人はジャンケンで決めることになった。

そして、神田が勝ったので、ポチの治療代一万二千円は神田が持ってくれたのである。

「別に急がなくていいよ」

と、神田は言った。「それより、君、家がないのか？」

「まあ……全国を巡礼中とでも言いますか」

「今夜はどこに泊るか決ってるの?」

「いえ。でも三千円持ってるので、どこか安い宿泊所なら……」

神田はちょっとマリを眺めていたが、

「——まあ、色々事情はあるだろうから、詳しくは訊かないよ」

「そうして下さい。心配していただいて、ありがとうございます」

「しかし、君のような若い子が……。どう? 僕の家に泊らないか」

「え? いえ、とんでもない!」

「ちっとも構わないんだよ。うちは家内と娘との三人家族でね、家が広いんで部屋は余ってる」

「そんなこと……」

むろん、泊めてもらえば助かる。でも……。

「ここが家だ」

なるほど、しっかりした門構えの住宅で、立派だ。——マリはふと気が付いて、

「真向いのお宅、よく似てますね」

本当に、門構えや建物のデザインもよく似ている。すると、神田が言った。

「向いが栗山の家さ」

「——え?」

さすがにマリもびっくりした。そこへ、車の音がして、

「おい、神田！」

と、車の窓から栗山が顔を出した。

「どうした？　ベンツは大丈夫かい？」

「ちょっとコレステロール値が高いんだ」

「もっと散歩させろよ。太り過ぎだぜ」

「大きなお世話だ」

栗山は少々太っている。犬も似たのかもしれない。マリは笑いそうになった。

「この子たちは、今夜うちへ泊る」

と、神田がマリの肩を叩いて言った。

「でも……」

「おい待て」

と、栗山が言った。「病院の払いはお前に譲ったんだぞ。その子はうちへ泊める」

「ジャンケンで決めたんじゃないか」

マリは、二人がどう見ても本気で、マリたちを「泊めたがって」いるのを見て、唖然《あぜん》としていた。

「──よし」

神田は肯《うなず》いて、「手を打とう。——マリ君」

「はい」

「君はうちへ泊ってくれ。その犬の方は栗山の所へ泊る」

マリは何と言っていいのか、分らなかった……。

## 2　クライアント

車が停ると、でっぷりと太ったダブルのスーツの男が降りて来た。

栗山は素早く駆けて行くと、

「専務！　お待ちしておりました」

と、深々と頭を下げる。

「栗山か。どうだ、うちのブースは？」

「凄《すご》い人です！　やはり専務のセンスが光っております」

「まあ、プロに任せても、必ずしもいいとは限らんからな」

「ごもっともです」

「晴れて良かった。人出に影響する」

広大な展示場で、大規模な〈モーターショー〉が開かれている。

暮れの忙しい時期だが、会場はにぎわっていた。

「入口からうちのブースが目に入らんな」

と、〈S自動車〉の専務、木俣《きまた》はちょっと不満気に顔をしかめた。

「〈S自動車〉のブースはスペースが広いもので、どうしても奥の方になります」

と、栗山は言い訳した。「その代り、初めの角を曲りますと、正面に大きなパネルが……」

「しかし、まず入って来た客に、うちの社名が目に入らなくては」

と、木俣は不服そうだ。

栗山はためらうことなく、

「何とかします」

と言った。

「できるか」

「必ず、何とか」

「よし」

木俣は肯いて、「おい、〈Mモータース〉のブースはどこだ?」

「〈Mモータース〉は、ちょうど反対側になります。ブースの広さはほぼ同じで、〈S自動車〉の方が若干広めです」

「当然だ」

と、木俣は言った。「よし、まずうちのブースだ」

「はい！」

栗山は先に立って歩きながら、上着のポケットへ手を入れて、ケータイのボタンを押した。〈S自動車〉のブースで待機している部下が、即座に動き出しているはずだ。

確かに、角を曲ると正面に〈S自動車〉の巨大なパネルが見えた。そして、集まった人たちの間に、「オーッ」という声が上った。

「──何事だ？」

と、木俣が言った。

「ご自分の目でお確かめ下さい」

木俣が大股《おおまた》に歩いて行くと、〈S自動車〉のブースの真中、回転する高い台の上に、真新しいニューモデルのセダンが光っていた。そして、その車に、もたれかかるように立っていたのは、スラリと長い脚がまぶしいような美女だった。

「これは……」

さすがに木俣も目をみはった。

カメラのフラッシュが、一斉に光る。

〈S自動車〉のCMに出ている、今をときめくスターの、パティ・鈴木《すずき》が立っていたのである。

「いかがですか？」

と、栗山が得意げに言った。

「おい、よく呼べたな」

「苦労しました。この時間においで願うのは大変で」

「それはそうだろう」

木俣は肯いて、「おい！　しっかり写真を撮っとけよ」

「じゃ、専務、ご一緒に」

「うん？――そうだな。記念ってことでいいか」

パティ・鈴木は二十二歳のモデルで、ハーフらしいスラリとした長身。そして、今は女優としてTVドラマにも出て人気なのである。

栗山がスタッフに耳打ちすると、スタッフがパティ・鈴木の所へ行って話をした。

「――パティです」

と、木俣の方へニッコリ笑って、「新車のイメージガールにも指名していただいて、光栄です」

「いや、忙しいのに、どうも」

木俣はすっかり上機嫌で、「車と一緒にいいかね？」

「ええ、もちろん！」

パティが木俣の腕に素早く腕を絡める。

木俣が柄にもなく赤くなった。

取り囲んでいる客たちは、「変なおっさん」がパティのそばにやって来て不満そうだったが、それでもスタッフのカメラが何度もフラッシュをたくと、それにつられてシャッターを切る物好き（？）もいたのだった……。


「パティ・鈴木が来てるよ、向うは」

と、神田の方へ駆けて来た少女が報告した。

「そうか」

神田は微笑んで、「栗山が呼んだんだな。あいつらしい」

「こっちは誰も呼ばないの？」

と訊いたのは、神田かなえ。

〈Mモータース〉のブースに詰めている神田将之《まさゆき》の一人娘である。

「うちのCMは、女優を使ってないからな」

「つまんないな」

と、かなえは肩をすくめた。

——ライバル同士とは言え、大したもんだ、とマリは感心した。

ポチがお腹を痛くしたせいで、成り行きから神田の自宅に泊めてもらって、もう三日たつ。ポチの方は〈S自動車〉を担当する栗山の家で、充分旨いものにありついているようだ。

——マリは、神田が有名な広告代理店、〈G〉の社員で、〈Mモータース〉の担当だと知った。むろん、〈Mモータース〉のような大企業の担当は何十人ものチームで、神田はそのリーダーだということだった。

しかし、マリがびっくりしたのは、栗山が神田をライバル視して、何でも競っているのに、実は同じ広告代理店〈G〉の社員だということを聞いたからだった。

「同じ会社の社員？」

と、目を丸くしているマリに、

「そうなの」

と、娘のかなえは言った。「でも、栗山さんは〈S自動車〉の担当。お父さんのチームの人と、栗山さんのチームの人って、口もきかないんだって」

「へえ……」

ていた。

そんなことがあるんだ……。

マリは、十四歳、中学二年生のかなえとすぐ仲良くなって、おいしい夕食も一緒にとっていた。

「はた目にはおかしいだろうね」

と、神田は夕食の席で言った。「会社はもちろん同じビルなんだけど、うちと栗山のチームは別フロアで、まるで交流がない。まあ、新車の広告戦略なんかは、お互い極秘で練るからね、どうしても敵同士って感じになっちゃうのさ」

「そうなんですか……」

もちろん、マリがあれこれ言う立場ではないが、それにしても人間ってふしぎなものだと思った。

仕事を終えて会社を出れば、みんな一人一人の生活がある。仕事ではライバルでも、私生活では仲良くしたっていいようなものだが……。

「私、広告代理店には入らない」

と、かなえが宣言すると、父親も、

「父さんもすすめないよ」

と、苦笑しながら言ったものだ。

そして——今日は、日曜日ということもあって、かなえに誘われてマリは、大きなイベントである〈モーターショー〉にやって来たのだった。

「マリさん、車の運転するの？」

と、かなえが訊いた。

「いいえ！　天国には運転免許証ないし」

マリは「天使」という身であることを、かなえには話していたが、もちろんかなえは冗談と思いつつ、「本気で信じている」ことにしていたのだった。

この広大な展示場の中でも、〈Mモータース〉と〈S自動車〉は目立っている。

「今はあっちにお客が集まってるよ」

と、かなえが言った。

「そりゃそうだろ。父さんだって、仕事でなきゃ、パティ・鈴木を見に行きたいよ」

と、神田は言って笑った。

そこへ、

「ご苦労さま」

と、明るい色のスーツを着た女性がやって来た。

その後をついて来ているのは何とポチである。

「やあ、奥さん」

と、神田は言った。「視察ですか」

「車が好きなんですの」

その女性は、栗山の妻、聡子《さとこ》だった。四十くらいだろうが、若々しく華やかな感じだ。

「ポチがお世話になって」

と、マリは礼を言った。

「いいえ。息子がとても気に入って」

栗山の所には秀《しゅう》という息子がいる。かなえより一つ下の十三歳。中学一年生ということだった。

「お宅のベンツに迷惑かけてませんか?」

と、マリは訊いた。

「いいえ。ベンツは小さいから、遠くにいるようにしてるみたい」

と、聡子は言った。

「おい、かなえ、昼でも食べて来たらどうだ?」

と、神田が言って、「食事はこのチケットで食べられる。テラスならポチも大丈夫だ」

「そうする! マリさん、行こう」

と、かなえが張り切って言った。

「じゃ、ポチ、おいで」

マリとポチは、かなえと一緒に、会場の外にある仮設の食堂へと、人々の間を抜けて行った。

ホットドッグやハンバーガーで昼食をすませると、マリは会場の中の展示をぶらぶらと見て歩いた。

ポチは、あまり車に興味がないらしく、外の日なたで昼寝している。

スポーツカーから、トラック、消防車まで、色んな車が並んでいる。見て歩くのは面白かった。

「あれ？」

と、マリは足を止めた。

栗山が、ひどく急ぎ足で会場の奥へと入って行くのが見えたのである。

何かあったのかしら？　何だかあわててるように見えたけど……。

何となく気になって、栗山の行った方へ足を向けると、〈医務室〉という札が立った、仕切られた場所があった。

「具合でも悪いのかしら……」

と、マリはそっと中を覗《のぞ》いた。

「申し訳ございません！」

と、栗山が深々と頭を下げているのは、マリもさっきチラッと見かけた、〈S自動車〉

の専務という――確か木俣といったか。

首の辺りにガーゼを当てて、テープで留めている。

「生意気な奴だ！」

と、ひどく怒っている様子だ。

「ちゃんと、しっかりお相手するように、と言ってあったんですが……」

「たかがタレント風情が、ちょっとキスしてやろうとしたら、いきなり引っかきおって！」

「パティには、よくお詫《わ》びするよう言い聞かせますので」

――マリは呆《あき》れた。

あのパティ・鈴木に、あの木俣という男、キスしようとしたらしい。――そりゃ、引っかきたくなるよね、と思った。

セクハラで訴えられてもおかしくないのに、怒るのは筋違いだ。

すると、

「おい、栗山」

と、木俣は声をひそめて、「耳をかせ」

「はあ……」

木俣は栗山に何か耳うちした。栗山がびっくりして、

「専務、それは……」

と言いかけると、

「いやならいい。次の新車発表会は、よそに仕切らせる」

「待って下さい！　そんなこと……。クビになりますよ」

「だったら何とかしろ」

栗山はしばらく悩んでいる様子だったが、

「――分りました。金を出すと言えば、あの子も……」

「そうだ。次のＣＭにも出られるかどうか、俺次第だと言っとけ」

「はあ……。何とか話をつけるようにいたします」

「必ず承知させろ。いいな」

「はい」

マリはそっとその場を離れた。

あれは――どうみても、パティ・鈴木を「何とかしろ」という話のようだ。

あの木俣の「タレント風情」という言い方。――たかがタレントなど金で何とでもなる、と思っているのだろう。

でも、何とかすると言ってしまって、栗山さん、どうするつもりだろう？

マリはちょっと気が重かった……。

「少し落ちついたな」

と、神田は言った。「よし、交代で昼食にしよう」

「チーフ、先に行って下さい」

と、若いメンバーが言った。

「そうか？　じゃ、すぐ戻るよ」

神田はブースを出て、会場の外へ出た。

食堂は人で一杯だったが、その裏に、スタッフ用の場所がある。

神田は、カレーライスをセルフサービスで受け取って、空いたテーブルにつき、食べ始めた。

――誰かが隣に座った。

「遅くなるの？」

と訊いたのは、栗山の妻、聡子だった。

「そうだな。最終日じゃないから、八時ごろには出られるだろう」

と、神田は言った。「栗山は――」

「今、メールが来たわ。あの木俣さんのご用で遅くなるって」

「そうか」

さっさとカレーを食べ終えると、神田は息をついて、

「――どこかで待っててくれるかい？」

「ええ、もちろん」

聡子は、そっと神田の手に手を重ねた。

「じゃ、ここを出るとき、ケータイにかけるよ」

「待ってるわ」

聡子は微笑んで、「私も中を一回りして来ようかしら……」

――神田は器を返して、腕時計を見た。

娘のかなえは「元気の塊」みたいな女の子だが、母親ののぞみは外出が嫌いで、何となく生気がない。

ライバル同士とはいえ、妻の性格は正反対だった。聡子は夫がほとんど構ってくれないという不満を抱えていて、一年ほど前から、神田に言い寄って来ていた。

「――神田さん」

「やあ、マリ君か。ちゃんと食べた？」

「はい、ごちそうさまでした」

「君、かなえを連れて帰ってくれるかい？」

「もちろんです。まだしばらくいるでしょうけど」

「ゆっくりしてっていいんだよ。じゃ、僕はブースへ戻るから」

神田が会場の中へと入って行く。

「おい」

いつの間にか、ポチがそばに来ていた。

「どうしたの？」

「おやつにしようぜ。甘いもんが食いたくなった」

「本当に……。太っても知らないよ」

屋台のような売場が並んでいる。

「クレープ？　ソフトクリームじゃ寒いでしょ？」

と、マリは言って、「あら……」

人ごみに紛れていたが、足早に歩いて行くのは——。

「あれ、のぞみさんじゃないかしら」

神田の妻だ。毎日見ているから、見間違えることはないだろう。

でも、ここへ来るなんて言ってなかったのに。

そして、のぞみらしい、地味なスーツの女性は会場を後にして、バスの発着所へと向って行った。

「面白いことになりそうだ」

と、ポチが言った。

「何が？」

「いや、何でもねえよ」

ポチは売店の方へ向いて、「おい、チョコレートのクレープにしよう。お前は？」

「じゃ、私はイチゴのクレープ」

マリは、神田からもらったチケットを手に言った。

## 3　危機一髪

ちょっと気は重かったが、断るわけにもいかない。

「おい、パティ」

と、事務所の社長、野田《のだ》が声をかけた。

「はい」

「今日は大事な打合せだぞ。そのつもりでな」

「分ってます」

二人の乗った車は、夜のオフィス街を抜けていた。

「——そこだ」

と、野田は車の外を見て言った。

〈S自動車〉という文字がいやでも目に入る。

パティ・鈴木も、〈S自動車〉のCMに出ているものの、本社ビルに来るのは初めてだ。

車寄せに着くと、ドアを開けてくれたのは、きりっとしたスーツ姿の女性だった。

「いらっしゃいませ」

と、その女性はパティに会釈して、「私、秘書室の大沼《おおぬま》エリ子と申します」

「パティ・鈴木です」

「どうぞ、ご案内します」

唖然とするほど広くて天井の高いロビーへ入って、パティは、「凄い……」と呟いていた。

パティの所属している〈Kモデルオフィス〉は、三十階建てのビルに入っているのだが、この〈S自動車〉本社ビルの立派なこと、桁《けた》違いである。

広々としたロビーには、〈S自動車〉の新型車が三台、展示されていた。

「——そうだ」

野田が足を止めて、「ちょっと寄る所がある。パティ、先に行っててくれ」

「分りました」

野田は〈Kモデルオフィス〉の他にもプロダクションを持っていて、パティはそっちで女優業をこなしていた。

大沼エリ子と二人でエレベーターに乗る。

「ご活躍ですね」

と、大沼エリ子が言った。「女優さんの方がお好き？」

「え……。まあ、そうですね」

と、パティは言った。「いつか、モデルをやめて、女優だけでやっていきたいと思っています」

「きっと大丈夫ですよ。パティさんには魅力がありますもの」

「ありがとうございます」

お世辞とは分っていても、やはりその言葉は嬉《うれ》しかった。

エレベーターは最上階まで上った。

扉が開くと、パティはちょっと戸惑って、

「ここ……オフィスじゃないんですか？」

と訊いた。

目の前に、どう見てもマンションの住宅のような玄関のドアがあったからだ。

「ここはペントハウスです」

と、エリ子が言った。

「ペントハウス……」

「大事な打合せや話し合いのときにはここを使います。オフィスと同じですよ」

エリ子がドアを開けた。「さ、どうぞ。野田様もじきにおみえになります」

そうだ。社長が一緒なんだから……。

パティは、あの〈モーターショー〉の会場で、木俣という専務からいきなりキスされそうになったのが忘れられなかったのである。

今日はオフィスでの打合せだというので安心してやって来たのだが、まさかこんな……。

豪華なマンションとしか思えない造りだった。

「では、私、野田様をご案内しますので」

と、エリ子は一礼して出て行った。

パティは、広々とした居間に一人残って、何だか落ちつかなかった。

テーブルにはミネラルウォーターのペットボトルが置かれている。パティはグラスにその水を注いで、一気に飲んだ。

「ああ……。おいしい！」

適度に冷えた水は、パティを少し落ちつかせてくれた。

「それにしても……。凄い部屋」

と呟くと、体が沈んでしまいそうなソファに身を任せる。

〈S自動車〉のCMは、パティの事務所にとって、大きな仕事である。パティはもう二年、CMのイメージガールをつとめていて、次の一年も続けられるかどうか、今日の打合せ次第だと聞かされていた。

あのいやな専務相手にも、笑顔ぐらいは見せなくては……。

エレベーターの上って来る音がして、パティは立ち上った。その瞬間、ちょっとめまいがした。

「――やあ」

ドアが開いて、入って来たのは専務の木俣だった。

「どうも……」

と、パティはこわばった笑みを浮かべた。

「二人きりで会えて嬉しいよ」

と、木俣は言った。

「二人きり？」

「おや、野田から聞いてないのか？」

と、木俣は笑って、「言いにくかったのかな、君と俺のことは金で話がついていると」

「何ですって？」

パティは青ざめた。「私、失礼します！」

歩き出して、パティはふらついた。立っていられない！　これって……。

「むだなことだ。そのミネラルウォーターに薬が入っていたのさ」

「そんな……。ひどいこと……」

パティは床に崩れるように倒れてしまった。

「もう動けんだろう。この間のように、引っかいたりもできんぞ」

「やめて！　訴えるわよ！」

と、精一杯声を出した。

しかし、体はしびれて身動きができなかった。

「ゆっくり楽しませてもらおう……」

木俣はパティの体を引きずるようにして立たせると、ズルズルと奥へ引張って行った。

開いたドアの奥に、キングサイズのダブルベッドが待ち受けていた。

やめて……。やめて……。

そう言おうにも、言葉にならない。

「たっぷり時間はある」

木俣はベッドの上にパティを横たえると、「少し待ってろ。シャワーを浴びて来るからな」

と言って、上着をソファの上に放り投げて、バスルームへ入って行った。

木俣は裸になって、口笛なぞ吹きながら、シャワーを浴びた。

「しっかり、栄養をつけて来たぞ！」

と、シャワーカーテンを開けると――。

何だ、これ？

幻か？――目の前に座っていたのは、どう見ても真黒な犬だったのだ。

ポカンとして突っ立っていると、その犬がいきなり吠えて飛びかかって来た。

「ワッ！」

木俣は飛び上って、その拍子に足を滑らせ、バスタブの中で引っくり返ってしまった。

そして、バスタブのへりに思い切り頭をぶつけて、気絶してしまったのだ……。


栗山は家の前でタクシーを降りた。

「やれやれ……」

〈モーターショー〉が終っても、忙しさはちっとも変らない。

もう午前一時になろうとしていた。

大きく息をついて、家の方へ歩きかけたとき、

「ワン」

と、声がした。

振り返ると、ポチが神田の家の前に座っている。

「何してる」

と、栗山が言った。「お前の家はこっちだぞ」

「栗山」

ポチのそばから、神田が姿を見せた。

「神田。何か用か？」

と、栗山はうんざりしたように、「急ぎでないなら明日にしてくれ。疲れてるんだ」

「疲れてるだろうな」

と、神田は肯いて、「しかし、知っといた方がいい」

「何だ？」

「中へ入れ」

神田の口調に何かを感じた栗山は、促されるままに、神田の家に入った。

「お父さん」

かなえが立っていた。

「どうした、彼女は？」

「眠ってる」

「そうか。お前――」

「私、ソファで寝るから大丈夫」

「すまんな」

神田について、栗山は二階へ上った。

「何なんだ？」

「見れば分る」

神田はドアを開けた。

廊下の明りが入って、かなえのベッドが見えた。栗山は目をみはって、

「あれは……」

「大きな声を出すな。眠ってるんだ。――そうだ。パティ・鈴木だよ」

「どうしてここに……」

栗山は呆然《ぼうぜん》としていたが、「お前が……」

「私、聞いてたんです」

マリが廊下に立っていた。「あの木俣って人が、パティさんを『何とかしろ』って言ってるのを」

「俺の知り合いが、パティの事務所にいる」

と、神田は言った。「ゆうべ、パティを〈S自動車〉の本社に呼んだと聞いてな」

「そうか……」

「パティさんに薬をのませて、好きにしようとしたんです、木俣って人」

と、マリが言った。「神田さんと私たちでパティさんを救い出して来ました」

栗山は、眠っているパティをじっと眺めていた。

「——木俣さんはバスタブで気絶しましたけど、大丈夫です」

と、マリは続けた。「あんなひどいこと……。いくらクライアントが大事でも、あんまりです」

「うん……」

「栗山。——これがばれたら犯罪だぞ。そこまでやるのは間違いだ」

栗山は肯いて、「無事で良かった」

「〈S自動車〉から苦情が来るかもしれないぞ」

「ああ、分ってる。——だが、パティが無事で良かった」

栗山は本当にホッとしているようだった。

「彼女は朝になったら送って行くよ」

と、神田は言った。

「ああ、頼む」

栗山はそう言うと、階段を下りて行った。

神田とマリは顔を見合せて、

「大丈夫かな、あいつ」

「——ポチ」

マリがポチの方へかがみ込んで、「栗山さんのこと、見てて」

「ああ。だけど、ステーキの二、三枚でももらわなきゃ割が合わねえな」

と、ポチは言った……。

## 4　裏切り

「栗山……」

ためらいながら声をかけた。

栗山は足を止めて、

「何だ」

と、神田の方を振り返った。

「ちょっと……話があるんだ」

「うん。——分った」

栗山は肯くと、「じゃ、地下のカフェで。十五分したら行く」

「分った」

神田はホッとした。

エレベーターの前で、マリが待っていた。

「地下のカフェで会うことにしたよ」

と、神田が言った。「君も何か食べるといい。あそこのチーズケーキは、ここの女の子たちに人気があるんだ」

エレベーターが下り始めると、

「でも、ふしぎですね」

と、マリは言った。「同じ会社のビルの中で、ああして口をきくだけでも大変だって」

「そうだな」

と、神田は苦笑して、「外の人から見たら、こんな妙な光景はないだろう。しかし、僕と栗山が社内で話をしているのを見られたら、たちまちビル中に知れ渡る」

「カフェならいいんですか？」

「オフィスの中じゃないからね」

マリは首を振って、

「やっぱり分りません」

と言った。

「そう。分らないのが当り前だよ」

二人は地下一階でエレベーターを降りて、静かなカフェに入った。

奥のテーブルが予約してあった。

「私、他のテーブルに」

と、マリは言った。「その方がお話ししやすいのでは?」

「そうだね。しかし、彼も君が係《かかわ》ってることは知っている。座っていてくれ」

「分りました。それなら……」

おすすめのチーズケーキを食べていると、栗山がやって来て、テーブルに加わった。

「コーヒーをくれ」

と、栗山は座るなり言ったが、水を持って来た若いウエイトレスは、

「コーヒー、おやめになってるんじゃないんですか?」

と訊いた。

「あ、そうか。——うっかりしてた。そうだったよ」

「じゃ、ホットミルクで」

「うん、ありがとう」

栗山は、そのウエイトレスが戻って行くと、「全く、だめだなあ、自分で言っといて」

と、苦笑した。

「ウエイトレスが憶《おぼ》えててくれた」

「そうだ。いや、偉いよ。若くても、ああいう子がいるんだ。プロだな」

「お前のことを心配してるのさ」

と、神田は言った。「僕だってそうだ」

「ああ、分ってる」

「それで——何となく話は伝わってくるが、その後はどうなったんだ?」

「パティにはすまないことをした。俺が謝りに行ったよ。まあ、パティとしては、金で自分を売った、事務所の社長のことが許せなかったようだ。当然だがね」

「あの〈S自動車〉の木俣って専務はどうした?」

「うん……。まあ、腹を立ててはいるようだ。しかし、文句を言おうにも、事情を説明できないだろ。今のところ、俺も首はつながってるよ」

「そうか。それならいいが……」

ホットミルクが来て、栗山はゆっくりと飲み始めた。

「——栗山さん」

と、マリが言った。「こんなこと言ったらお怒りかもしれませんけど……」

「何だい？　構わないよ。何でも言ってくれ」

マリはポチから聞いていたのだ。

「あいつ、確かにおかしいぜ。ノイローゼじゃねえのか」

と……。

しかし、そうも言えないので、

「栗山さんが、何だか以前のような元気を失くしてるみたいに思えて。以前は少し、元気とやる気があり過ぎだったと思うんですけど、でも今は……」

「君、女の子なのに、良く分るね」

「一応天使ですから」

「そうそう。天使なんだってね。かなえちゃんから聞いたよ」

と、栗山は笑って、「いいなあ、天使ってのは失業すること、ないんだろ？」

「そうですね。終身雇用っていうんですかね」

「いや、羨《うらや》ましい。俺たちサラリーマンは、いつクビになるかと怯《おび》えてなきゃいけないのにな」

と、栗山は笑った。

「おい栗山。何かあったんだな？　そうだろう？　処分されたのか」

と、神田が訊く。

「いや、何もない。本当だ。そんなことじゃないんだ」

「しかし……」

「そんなことじゃないんだ」

と、栗山はくり返した。「ただ……分ったんだ」

「何が？」

「うちの女房が……聡子が浮気してるってことが」

思いがけない答えだった。神田は言葉を失って、しばらく栗山を見つめていた。

「――俺もびっくりしたよ」

と、栗山は言った。「あいつが浮気とはな……。それを知って、こんなにショックだったことにもびっくりした」

マリは神田の青ざめた顔を見ていた。栗山は神田の様子にまるで気付いていない。

「何だか、空しくなってな。――確かに、俺は聡子にとっていい亭主じゃなかったかもしれん。しかし、父親としては……一家の主《あるじ》としては、必死で働いて、苦労をかけなかったつもりだ。あんな風に、パティみたいな子をクライアントに差し出すなんてひどいことはやったが、それも今のポストと収入を失いたくなかったからだ。家族のためなら、俺が汚れるのは一向に構わなかった。それが……」

そう言いかけて、栗山はニヤリと笑った。

「すまん。こんな話だと思わなかったろ？　みっともない話だよな。女房に浮気されたくらいでオロオロしてさ。俺は〈S自動車〉にとって欠かせない人材だと自負してた。うちの社にとっても、一番大事なクライアントを任されてるエリートだと信じてた。だがそれが何だ？　忙しく駆け回ってる間に、よその男に女房を盗まれてた……」

「――そうか」

と、神田は言った。「しかし……聡子さんを責めるなよ」

「ああ、分ってる。責任は俺にある」

と、栗山は肯いた。「ちゃんと償いはする。――俺自身でな」

そして、栗山はミルクを飲み干すと、

「ここの伝票、俺につけといてくれ。――じゃ、またな」

と立ち上って、カフェを出て行ってしまった……。

マリは少し間を置いて、

「神田さん」

と言った。「大丈夫ですか？」

「え……。ああ……」

「そうなんですね。栗山さんの奥さんの浮気の相手、神田さんなんですね」

神田はチラッとマリを見て、

「君にも分ったのに、栗山は分ってなかったな」

と言った。

「神田さん。本当のことを栗山さんに言った方がいいですよ」

「しかし……そうなると、うちののぞみにも知れるかも……。かなえにも」

「のぞみさん、たぶんご存知ですよ」

と、マリが言うと、神田は目をみはって、

「本当かい？　どうして……」

「この間の〈モーターショー〉のとき、聡子さんと帰りに会ったんじゃないですか？」

「確かに……」

「あのとき、のぞみさんが会場にいらしてました」

「のぞみが？」

「確かに見かけました」

神田は首を振って、

「あいつは何も言わなかった……」

「だから、ちゃんと話した方が。のぞみさんは思いつめるタイプでしょ」

「君は……本当に天使なのか」

神田はマリをまじまじと見ていたが、「分った。ちゃんと告白しよう」

「今からご自宅に」

「しかし、仕事が――」

「奥さんの方が大事でしょ」

マリの言葉に、神田は黙って肯いた……。

## 5　告白

「どれにしようかしら……」

聡子は通信販売のカタログを眺めながら呟いた。

暇を持て余している昼間、居間のソファでカタログを眺めるのが好きだった。

もちろん本当に買うこともある。しかし、しょせんカタログは写真だ。

実物が届くとがっかりすることも珍しくない。しかし、その「当り外れ」もまたスリルがあって面白いのだ。

「うーん……。これは茶色ね。こっちを白にするかな……」

セーターを選んでいると、ふと人の気配を感じて振り返った。

「あなた！」

栗山が、いつの間にか居間の入口に立っていたのだ。「――ああ、びっくりした！」

聡子はカタログを閉じると、

「どうしたの、こんな昼間に？」

と、ソファから立ち上った。

「うん……。ちょっとな」

「具合が悪いの？　顔色が良くないわ」

「そうか？」

「横になるといいわ。会社、早退して来たんでしょ？」

「いや、黙って帰って来た」

「まあ、珍しい。でも……やっぱり変よ。会社には私が電話しておくわ」

「そうか。――じゃ、頼む」

と、栗山はソファにかけて、「ついでに電話するといい」

「誰に？」

「お前の浮気相手さ」

さりげなく言われたので、却《かえ》ってごまかしようがなかった。

夫は知っているのだ、と聡子は思った。

「あなた……」

「俺はもうここ何年もお前に手を触れていないからな。お前が浮気しても当然だ」

「ね、待ってよ。私……申し訳ないと思ってるの。本当よ」

「そうか」

「ええ。お願い。私、もう二度としないから……。許して」

と、聡子は目を伏せた。

「二度としない、か」

「ええ、決して」

「できないさ」

栗山が突然聡子に飛びかかった。そして床へ押えつけると、聡子の首に両手をかけた。

「あなた！　やめて！」

聡子はそれだけ言ったが、首に容赦なく食い込んでくる夫の指に、声も出なかった。

「俺も一緒に死ぬから……。死んでくれ。死んでくれ……」

呟くようにくり返し、栗山は聡子の首を絞める指に力を入れた。聡子は逆らう力も失っていた。

「死んでくれ……。お前が好きだから、殺すんだ……」

そのとき……。

「クウォー……」

変な声がした。

「何だ？」

栗山は、居間に入って来たポチが、大欠伸《おおあくび》するのを見た。

「ウー……。フウ」

犬にしては妙な「ため息」だった。

しかし、ポチは二人の様子など全く気にもしないように、床にペタッと寝そべって、また「クアー……」と大欠伸した。

いつの間にか、栗山の指の力が抜けていた。

聡子が咳込《せきこ》んだ。

栗山がハッとして手を放し、

「お前……大丈夫か」

「あなた……」

聡子が泣き出した。

そして――追いかけるように、栗山も泣き出していた……。

〈あなた。長いことお世話になりました。私がいなくなっても、そんなに困ることはないと思いますが、かなえはこれから色々あるでしょうから、誰か若い人を見付けて再婚して下さいね。聡子さんは栗山さんに必要な人ですから――〉

　のぞみは手を止めて、

「あなた……」

　と、顔を上げた。

「のぞみ。――何だ、これは？」

　と、神田は書きかけの手紙を手に取って、「お前……出て行くのか？」

「その方があなたにとっては……」

「馬鹿言うな！」

　神田は手紙を引き裂いて、「殴ってくれ」

　と言った。

「――え？」

「僕を殴れ。浮気してたんだぞ。怒って殴れ！」

「そんなこと……」

「いいから！　殴ってくれ」

のぞみは目をパチクリさせていたが、やがて右手を握って、神田の顔にチョンと当てた。

「そんなんじゃ、殴ったことにならない！　思い切りやれ！」

「でも……」

「僕の気がすまないんだ！　早くやれ！」

「じゃあ……」

大きく息を吸い込むと、のぞみは、「ヤッ！」

と、ひと声、拳《こぶし》を夫の顎《あご》へ叩きつけた。

「ワッ！」

神田が仰《あお》向《む》けに引っくり返った。

「――どう？」

「凄かった！　お前……」

と、目を丸くしている。

「私……昔、空手習ってたの」

と、のぞみは言った。

立ち上ると、神田は顎をなでながら、

「栗山の所へ行って謝ってくる」

と言った。

「ええ。──私も行くわ」

二人が門を出ると、マリとポチが立っていた。

「やあ、色々ありがとう」

「神田さん、今、栗山さん、泣いてます」

「あいつが？」

「たぶん、神田さんを殴らないと思いますけど」

「私が代りに殴っといたわ」

と、のぞみが言った。

「私たち、また旅に出ます」

と、マリは言った。「お世話になりました。──治療費、いつか返しに来ます」

「いいんだ。コンサルタントの手数料だ」

「でも、天使がそんなことでお金いただいちゃ……」

「食ってかなきゃいけねえんだぜ」

と、ポチが言った。

「それじゃあ、お言葉に甘えて」

と、マリは言った。

「ねえ、せめて晩ご飯食べて行って。かなえも寂しがるわ」

「はあ……」

「せっかくそう言ってくれてんだぜ!」

と、ポチがつつく。

マリとしては、どうしていいか、決めかねていた。

でも——それは幸せな迷いだった……。

# 失われた王者

# 1　雨の空間

吐く息が白くなった。

季節外れの冷たい雨。——選手たちの表情には、一様に、〈早く終らせてくれ〉という思いがにじみ出ていた。

雨足が一段と強まる中、スタジアムは静まり返っている。雨と寒さの中でも、観客席は七割方埋っていた。

——男子百メートル決勝。

あらゆる陸上競技の中のハイライト。最高の「見せ場」。

それが午後七時に設定されたのは、視聴率を取りたいTV局の都合だった。そして、そのことを、選手たち全員が承知していた。

ある程度仕方のないことだと分っていながら、決勝の時を、今か今かと待っている。

「アッ！」

と、選手の一人が声を上げた。

みんなが振り向く。若手の伸び盛りの選手が、冷え切った脚の筋肉にけいれんを起してグラウンドに倒れたのである。

運営委員会のメンバーが駆けつけて、脚をマッサージしたが、結局、決勝を走ることは諦《あきら》めざるを得なかった。

両側から支えられて、足を引きずりながら引っ込んで行く、その後ろ姿は寂しげだった。そして、やっと、

「位置について」

というアナウンス。

誰もが、あの選手に自分を重ねていた。あれが俺でなかったのは、単なる幸運なのだ……。

百メートルのコースが明るい照明に浮かび上る。しかし、ゴールは白い雨に煙《けぶ》っていた……。

踏切板に足をかけ、トラックの表面に指を突く。

さあ！　泣いても笑っても、ほんの十秒ほど後には、結果が出ている。この何年間、必死の努力を積み重ねて来たことが、果してむだだったのかどうか……。

「用意！」

——合図の銃声までが、とんでもなく長く感じられた。忘れてるんじゃないのか？

それとも、俺が聞き落としてしまったのか……。

そのとき、銃声が鳴った。

選手たちが一斉にスタートを切った。

杉田紘治《すぎたこうじ》は、比較的いいタイミングでスタートを切った。

「いつもスタートで遅れる」

と、コーチから言われて来た。

もっとも、それは数年前までの話だ。今の杉田にはコーチが付いていない。

もう三十四歳になった杉田は、二十代の次々に現われる若手に、どんどん追い越されていた。——記録でも、人気の点でも。

そして、「スタートが悪い」ことなど、もう誰も気にしなくなっていたのだ。

しかし、今日は違う。ちょっと早かったらフライングになったかと自分でも思うくらい、一歩先んじてスタートしていた。

そして、二十メートル、三十メートル辺りでは杉田は自分でも信じられないことに、トップを走っていたのだ！

この調子なら——。このまま行けば、三位か、うまく行けば二位にだってなれるかもしれない。

しかし、五十メートルを過ぎたところで、優勝候補のナンバーワンだった選手がぐんぐん出て来る。――宇野達郎《うのたつろう》、二十八歳。脚が長く、新しい世代のホープとして、またアスリートにしては二枚目で、人気があった。

畜生！　こいつにはとても勝てない。

宇野が前に出て行く。さらに、もっともっと前へ……。

だが、どこかおかしかった。宇野のペースが突然落ちたのである。

どうしたんだ？――宇野が苦しげに喘《あえ》ぐのが聞こえてくる。

杉田は、宇野を抜き返していた。俺は――俺がトップだ！

ゴールが目の前に迫って来た。そして、杉田は一位でゴールに飛び込んだ！

ウォーッとスタンドがどよめいた。

足取りを緩めて、杉田は振り返った。ゴールへ入った宇野が今にも倒れそうだ。

俺が勝った。一位になった。

杉田は信じられない思いで、スタンドへ目をやった。

誰もが杉田を見て拍手していた。歓声を上げていた。

では、これは夢じゃないのだ。俺は勝った。「日本一速い男」になったのだ！

杉田の体が熱くなって来た。もう冷たい雨が気にならなかった。

杉田は、観客に向って手を振った。スタンドはさらに大きく盛り上った。

いつの間にか雨が止んでいることに気が付いた。

そして、青白い照明の中、こっちへ駆けて来る女に気付いた。妻の靖子《やすこ》だ。

「――あなた！」

「来てたのか」

杉田は、すっかり濡《ぬ》れてしまっている妻を見て、「そんなに濡れて。――風邪ひくぞ」

「平気よ！」

靖子は笑顔を見せながら、同時に泣いていた。「おめでとう！　一位よ！」

「ああ。本当のことなんだな」

「良かったわね！」

杉田はちょっと照れくさかったが、靖子を抱きしめた。拍手と歓声が起る。

さすがにキスまではしなかったが――。

TVカメラや、取材のマイクがいくつも殺到して来た。

カメラのフラッシュを浴びながら、杉田はしっかりと靖子の肩を抱いた……。

## 2　空腹を賭けて

「こんなもんで、腹が一杯になるわけねえだろ」

と、ポチが文句を言った。

「そんなこと言ったって仕方ないでしょ。こんな遅い時間に、ホットドッグ一つでも、手に入って運が良かったわよ」

確かにマリだって、ホットドッグ一つを二つに分けて食べるだけの「夕食」ではとても足りない。でも、ともかく今夜はこれで満足して眠るしかない……。

マリとポチは、夜の公園のベンチにいた。十六、七の少女の姿をしているマリは、実は天国から地上へ研修に来た天使である。そしてポチは外見上は黒い犬。実は地獄から成績不良で叩《たた》き出された悪魔の、仮の姿である。

はた目には、少女が大きな黒い犬を連れて旅している、という図。

ポチの「言葉」は、マリには聞き取れるが、人間にはただ、犬が吠《ほ》えているとしか聞こえないのである。

この二人、たいていいつもお腹を空《す》かしている。

ポチが働くわけにいかないので、マリの稼ぎで食べるしかないのだが、十六、七の女の子の仕事となると限られるし、天使という立場上、いかがわしい仕事にはつけない。

ポチにはいつも、

「もうちょっと大人の色っぽい女にしてもらや良かったんだ」

と言われていた……。

そして今夜もまた、お金が底をついて、公園のベンチで眠るしかないかと思っているところだったが……。

「——何だ、また鰻重《うなじゅう》か」

という男の声がした。「芸がねえな。いつも同じ土産をよこしやがって」

大分酔っているらしい男が、フラリと公園の中へ入って来た。

手にさげているのは〈うなぎ〉と書かれた紙袋。そこからは、鰻重の匂いが広がってくる。

もちろん、マリとポチの胃袋は、その匂いだけでグーッと鳴り始めていた。

大柄な男は、派手な色のシャツにジャケットをはおっている。

公園の中に入って来ると、男はベンチのそばのクズ入れに、〈うなぎ〉の紙袋を捨てようとした。マリとポチは思わず同時に、

「アーッ!」

と、声を上げていた。

「何だ?」

と、男がトロンとした目でマリたちを見る。

「あの……それ、捨てるんですか?」

「ああ。もう食べ飽きたからな。いつも手土産が鰻重なんだ。全く芸のない話さ」

「あの……もしいらないようなら、いただいてもいいですか?」

「これを?」

「あの……もし、よろしければ、ですけど」

男はマリを眺めていたが、その内、ニヤリとして、

「それじゃ、俺とかけっこしよう」

と言った。

マリは目を丸くして、

「かけっこ……ですか?　走るってこと?」

「そうだ。どう見てもお前の方が若いし、俺は見ての通り酔ってる。どうだ?」

ポチが、マリの足を鼻でつついて、

「行けよ!」

「分ったわよ」

「何だ？」

「いえ、何でもありません。じゃ——どこで？」

「よし、そこの通りだ」

と、男は公園前の道を指して、「お前が勝ったら、この鰻重、やるよ」

「分りました」

マリもお腹が空いていて、走れるかどうか自信がなかったが、ここはごちそうがかかっている。

幸い、くたびれたジーンズと運動靴で、走るのには向いている。男は革靴だった。

「それじゃ、向うに赤いランプがあるな。あそこまで行こう」

結構な距離がある。しかし、何といっても鰻重を持っている方が強い。

「待てよ。こいつをベンチに置いてくと、この犬が食っちまうかもしれない」

男は紙袋を、木の枝に引っかけた。「——これでよし、と」

ポチがむくれて、

「ケチな野郎だ」

と、文句を言っている。

「さあ、行くぞ」

「はい」

道へ出ると、マリは走り出す体勢を取った。

「よし。――用意、スタート！」

マリは駆け出した。

この調子なら――。マリがリードして、半分くらいまで来た。

勝てる！　そう思ったときだった。

男がいつの間にかマリと並んでいる。

え？　そんな……。

マリが必死で走る。すると――男が凄《すご》いスピードで走り出したのである。

マリが目を疑うような速さで、男はアッという間にゴールの地点に着いてしまった。

マリがハアハアと息を切らしながらゴールに着くと、男は笑って、

「どうした？　若いのに、だらしないな」

と言った。

「あなたは……スポーツ選手？」

と、マリが喘ぎながら言うと、

「ああ。百メートルで日本一になった。杉田紘治というんだ。知ってるか？」

「残念ながら……。でも、私が勝てっこないって分ってて……」

「まあな」

「そんな……意地悪しなくたって……」

汗がふき出してくる。しかも、突然全力で走ったので、マリは貧血を起しそうになって
フラフラだった。

「──おい、負けたのかよ」

と、ポチがノコノコやって来た。

「仕方ないでしょ。相手はプロよ」

「だけどよ……」

「ともかく、負けちゃったんだから……。杉田さん……でしたっけ。あの鰻重は……」

「約束だ。捨てるぞ」

と、杉田という男は言った。「何なら、クズ入れから拾って食べろ」

「ひどいこと言うんですね」

と、マリは汗を拭《ふ》きながら言った。

「賭《か》けは賭けだ。そうだろ？」

と、杉田は笑ったが──。

突然、杉田がよろけた。

「あの──」

マリは言いかけて、杉田がその場に崩れるように倒れるのを見てびっくりした。

「おい、どうしたんだ？」

と、ポチが言った。

「分んないわよ！　杉田さん！」

体を揺っても起きない。「救急車だ！　でも、電話するにも……」

緊急事態だ。マリは近くの家の玄関へ駆けつけて、チャイムを鳴らした。


〈救急外来〉の入口前にタクシーが停った。

入口を入った所のベンチに座っていたマリは、窓口へ駆けて来た女性が、

「すみません！　杉田ですが」

と、声を震わせて言うのを聞いた。

「——今、先生がみえますので」

と言われて、

「主人は——主人は大丈夫でしょうか」

と、くり返した。

当直の医師がやって来て、

「心臓ですね。前から発作を？」

「いえ……。検査を受けるのが嫌いなので」

「そうですか。幸い、今回は無事ですが、この機会に詳しい検査を受けて下さい。かかりつけの病院があれば、そこで」

「はあ……。よく相談します」

「そこにいる女の子が通報して、付いて来てくれたんです」

医師に言われて、杉田の妻はやっと少し落ちついた様子で、マリの方へやって来ると、

「杉田の家内です」

と言った。「ありがとうございました」

「いえ……」

マリは立ち上ったが、そのとたん、めまいがして、「あの……ちょっとすみません」

と、よろけて床にしゃがみ込んでしまった。

「君！　大丈夫か？」

医師がびっくりして駆けて来る。

「あの……表にいる黒い犬に、何か食べさせてやって下さい……」

それだけ言うと、マリは気を失ってしまった。

# 3　口止め

「よく食べるな」

若い医師が呆《あき》れたように言った。

「――すみません」

マリは、病院の食堂で、三杯目のカツ丼を食べ終えて息をついた。

「いや、いいんだよ」

その若い医師は神谷《かみや》といった。

気絶したマリは入院して、点滴を受けたりしたのだったが、要するに「空腹過ぎて」倒れたと分って、こうして「食べまくっている」のだった。

「いくらになりますか?」

と、マリは訊《き》いた。

「いや、大丈夫。あの杉田さんの奥さんから、自分とこの費用に、君の分もつけといてくれって言われてるから」

「でも……」

と言いかけたものの、今は払うだけのお金がない。

「じゃ、ごちそうになります。──いたた……」

「急に食べたからだよ」

と、神谷は笑って言った。

「あの……ポチは……」

「ああ、黒い犬ね。病院の裏手にいるよ。中には入れないんでね」

「ええ、それは分ります」

結局、一晩病院で過したことになる。

病気というわけではないので、マリはもう病院を出ることにしていた。

病室の方へ戻って行くと、廊下のベンチに杉田の奥さん──靖子といった──が座っていた。

マリを見ると立ち上って、

「もうすっかりいいようね」

「はい。お気づかいいただいて……」

「主人のことを助けてくれたんだから、当然よ」

と言ってから、靖子は、「それでね。ちょっと……」

「はあ……」

靖子はマリを廊下の奥の方へ引張って行くと、

「あのね、これからの話は誰にも内緒よ」

と、秘密めかした口調で言った。

「何でしょう?」

「主人が入院したことが知れると、何かとうまくないの」

と、靖子は言った。

「うまくない……」

「ええ。知ってるでしょうけど、主人は去年の陸上大会の百メートルで優勝したわ」

「聞きました」

「一位になるって、大したことでね。今、主人はドリンク剤のCMとか、スポーツジムのイメージキャラクターとか、いくつもTVに出てる。見てるでしょ?」

「TV、あんまり見ないので……」

と、マリは申し訳なさそうに言った。

「そう? 珍しいわね、今の子にしちゃ。まあ、いいわ。他にも大学の体育学部の教授とか、陸上のコーチとか、色々肩書が沢山ついてる」

と、靖子は言った。「でもね、百メートル日本一の杉田紘治だからこそ、のことなの。

その杉田が、心臓の発作で倒れたとなったら、少なくともTVのCMは打ち切られる」

「はあ……」

「だから、このことは、絶対外に洩《も》れちゃ困るの」

「分ります。――でも、ちゃんと検査しないと」

「するわよ！　知り合いのお医者さんに頼んで、秘密にしてもらってね。ここの先生にも頼んでおいたわ」

「はあ。――私、何も言いませんから」

「そう願うわ」

靖子はバッグを開けると、封筒を取り出して、「これ……」

と、マリの膝《ひざ》の上に置いた。

「何ですか？」

マリは取り上げて、中を覗《のぞ》いてびっくりした。一万円札が入っていたのだ。

「十万円入ってるわ。それで、よろしくね」

「あの――待って下さい。こんなお金、受け取れません」

「どうして？　それは私からのお礼と、黙っててもらう料金よ」

「私、そんなつもりで……。人が倒れたら、救急車を呼んで当然でしょう。当り前のことをしただけですから」

と、マリは封筒を差し出して、「ここの費用を払っていただいてますし」

靖子は、ちょっとの間、マリを見ていたが、

「――そう。そういう気持なら……」

と、封筒を受け取った。

「本当にご親切にしていただいて、ありがとうございました」

と、マリは礼を言って、「もう退院していいと言われてますので」

マリが一旦《いったん》病室へと戻って行くのを靖子は見送っていたが……。

靖子が病院の玄関を出ると、待っていた車から男が降りて来て、

「どうなりました？」

と訊いた。

スーツにネクタイのビジネスマンという印象の男だ。

「主人のことは、今夜、就寝時間になってから、転院させるわ」

と、靖子は言った。「医者や、病院関係者には口止めしておいた。まず大丈夫だと思うわ」

「通報した女の子は？」

「それなのよ」

靖子は首を振って、「その辺でコーヒーでも……」

男は永原《ながはら》といった。大手広告代理店〈S〉の社員だ。

「――お金を受け取らなかったんですか？」

コーヒーを飲みながら、永原が言った。「そいつは妙ですね」

「そうでしょ？　今どきの子が、お金のためにやったわけじゃありません、だなんて、小説の中のセリフみたいなこと、言わないわよね」

「これはきっと何かありますね」

「私もそうにらんでるの」

靖子はミルクティーを飲みながら、「もしかすると……」

「宇野でしょうか」

「手を回してるかもしれないわ。あの子に先に会って、お金を渡してるかも」

「宇野の身辺を探ってみましょう」

と、永原はメモを取った。

永原は、〈S〉の中で、杉田紘治の担当である。CMや講演、イベントへの出演などの仕事の窓口になっている。

「しかし、本当のところ、心臓の状態はどうなんですか？」

と、永原は訊いた。「いつ倒れるか分らないようだと、イベントは避けた方が……」

「大丈夫よ。あの人だって分ってる。今が稼ぎ時だってことは。知り合いの医者に検査してもらって、多少危くても、薬で抑えるようにすれば」

「来週ＣＭ撮りがありますからね。それまでに元気を付けて」

「ええ」

「ところで」

と、永原が言った。「例の〈Ｋ製薬〉のＣＭですが、宇野がやることになったともっぱらの噂です」

「そんな……」

と、靖子は怒ったように、「あなた、あのＣＭは主人で決り、って言ったじゃないの」

「いや、僕もそう思っていたんですよ。もちろん、正式な発表はありませんが、どうも宇野の方で何か手を打ったようですね」

「あの仕事は大きいでしょ？　こっちでも何か手は打てないの？」

「どうも……これは僕の勘なんですがね」

と、永原は声をひそめて、「宇野にはあの女がついてるんじゃないかと……」

「あの女？」

靖子は眉《まゆ》をひそめて、「そんな思わせぶりな言い方しないでよ」

「スポーツ選手大好きな、あの先生ですよ」

「まさか……。香川雪枝《かがわゆきえ》？」

「当りです」

「でも……あの人、もう四十過ぎでしょ？　宇野はまだ二十八よ」

「年齢の違いなんて、国会議員の肩書の前には、大したことじゃありません」

「それって……何か根拠のある話なの？」

「ある週刊誌が、二人の密会をグラビアに載せようとしたところ、オリンピックの記事を流してやらない、と脅されたそうです」

「やりかねないわね、あの人なら」

と、靖子は肯《うなず》いた。

——香川雪枝は元タレントで、今の首相に気に入られて立候補。ぎりぎりの得票だったが、当選した。

今は、スポーツ担当大臣となって、オリンピックに向けて派手に活動している。

「あの大臣の二枚目好きは有名ですからね。それに独身だし」

「結婚しなかったっけ？　それも、二、三年前に」

「もう離婚しました」

「あ、そう」

と、靖子は言った。「素早いわね」

「ともかく、こっちでも〈K製薬〉に働きかけて、杉田さんが起用されるように持って行きましょう」

「頼んだわよ」

と、靖子は永原に念を押した……。


「お世話になりました」

マリは病院を出た所で、昼食から戻って来た神谷医師と会った。

「やあ、もう大丈夫？」

と、神谷は言った。

「はい。もともとお腹空かしてて、目を回したようなもんですから」

「お前はいいよな。看護師に親切にされてよ」

と、ポチが文句を言っている。「俺なんかゆうべは外で寝たんだぞ」

「いいじゃないの」

と、マリはポチをにらむ。「ちゃんと食べさせてもらったんだから」

「何だか二人で会話してるみたいだね」

と、神谷が笑って言った。

そこへ、

「あの——この病院の方？」

という声がした。

一見して華やかな感じの、二十七、八ぐらいの女性。

「どこへご用ですか?」

と、神谷が訊くと、

「ここに、百メートル走者の杉田紘治さんが入院してるって聞いたんですけど」

「杉田……さんですか」

マリは神谷を見ていて、杉田の妻に口止めされているのだと思った。

「調べてみないと分りませんが……。どの科で入院されてるんですか?」

「そんなこと知りません」

と、その女性はアッサリと言って、「でも、当然分ってるでしょ? 有名人なんですから」

「そうおっしゃいましても……」

「五木真弓《いつきまゆみ》が来たと伝えて下さい」

と、その女性は言った。「私、この病院の地下の喫茶で待っていますから」

そして、神谷が何とも言わない内に、さっさと病院の中へ入って行ってしまった。

「──参ったな」

と、神谷がため息をついて、「どうしよう……」

「神谷さん、杉田さんの奥さんに口止めされてるんですね」

「君、どうしてそれを――」

「私も言われてます」

「そうか。しかし……つい、『いません』とは言いにくくてね」

「分ります。神谷さんは嘘のつけない人ですね」

「どうもね……。患者にもつい本当のことをしゃべって、よく叱られるよ」

「でも、今の人、杉田さんがここにいること、知ってますよ、明らかに。――杉田さんに五木さんって名前を言ってみたら？」

「そうだな。そうしよう。ありがとう」

神谷が病院へ入って行く。

「おい」

と、ポチが言った。「もう少しここにいよう」

「どうしたの？」

「何か面白いことが起りそうだぜ。俺の鼻は敏感なんだ」

マリだって、鼻はきかなくても、何か起りそうだということは分っていた……。

# 4 誘惑

〈面会謝絶〉

その札のかかったドアをノックもせずに開けると、

「具合はいかが？ 〈日本一速い男〉さん」

と、女は言った。

「入ってくれ」

と、ベッドから杉田は言った。「ドアをちゃんと閉めて」

五木真弓と名のった女性は最上級の個室を眺め回して、

「わあ、凄い！ 高級ホテル並みね」

「あのね……」

と、杉田は言った。「どうして俺がここに入ってることを知ってるんだ？」

「あら、いけない？ 私、あなたのことなら何だって知ってるわ。そうでしょ？」

「俺は君のことを知らない」

「まあ、とぼけちゃって」

と、五木真弓は笑って、「お互い、体の隅々まで知り尽くした仲じゃないの」

「おい、待ってくれ」

と、杉田は手を上げて、「君の言うのは——」

「本当に憶《おぼ》えてないの？　呆れた！」

真弓は椅子をベッドのそばへ持って行き、腰をおろすと、「思い出させてあげるわよ。あの前の日——つまり、百メートルで、あなたが一位になる前の日ね。あなたは酔ってた。銀座《ぎんざ》のバー、〈P〉でね。私が一人で飲んでると、そばへやって来て、『いい女だなあ』って肩に手を回して言ったのよ。『今夜付合わないか？』って」

杉田は眉を寄せて、

「待てよ……。思い出して来た。あの〈P〉からホテルNに……」

「そうそう。あなた、せっかちに私を抱いたわ。そして、『明日は大事なレースがある。早く寝ないと』って言って、さっさと寝ちゃった」

「そうだったか？　それは失礼」

と、杉田は苦笑して、「で、何の用でここへ？」

「あなたに協力してあげたんですもの。それなりのお礼をしてもらいたいわ」

と、真弓はアッサリと言った。

「協力といっても……。要するに、あのときの代金を払え、ってことかい?」

「分ってないのね」

と、真弓は言った。「あなたが一位になれたのは、私のおかげなのよ」

「つまり……」

「あなたはベッドの中で、くり返してた。『宇野の奴め』ってね」

「俺がそう言ってたのか?」

「そうよ」

と、真弓は肯いて、「半分寝言だったけどね。この人、よっぽど宇野って人が嫌いなのね、と思ったわ」

「寝てる間のことは、何言ったって知らんよ」

「私、調べてみたの。あなたが杉田紘治って名だってことは分ってたから、そこから調べて、宇野達郎って人のことも分った」

「それがどうだっていうんだ?」

「私、あの日の夕方、競技場に行ったの。そして宇野さんに会いたいんですけど、って言って……。係の人は忙しそうにしてて、控室の場所を教えてくれた。勝手に入ってくれってね」

「おい……。まさか……」

「その方へ入って行くと、ドアの一つから、声が聞こえて来たの。え？　これって……。びっくりしたわよ。派手に声を上げてる女が……。こんな所で？　様子を見てると、少ししてドアが開いて、女が出て来た。乱れた髪を直しながらね。見たことのある顔だった。——TVのニュースでね」

「そいつは……」

「国会議員の香川雪枝だったわ。元タレントの、って言った方が分りやすいわね。顔を上気させて、さっぱりしたって様子で行っちゃった。私、ドアが少し開いたままになってたんで、中を覗いた……」

「宇野の奴だな。あの女と噂になってた」

「マッサージとかするんでしょ、台があって、タオルが積んであったわ。宇野がまだ上半身裸で、台に座ってた」

と、真弓は言った。「私に気付いてギョッとしてる宇野に言ったの。『あなたの大ファンです』ってね。宇野は気まずい顔でウェアを着ると、今のことは黙っててくれって言うから、私、言ってやったの。『あなたが誰を愛していようと、私はファンでいます』って。彼、吐き捨てるように言ったわ。『誰があんな女！』って。でも拒めば何をされるか分らない、ってね。私は同情してあげた。宇野は感謝して、私を抱き寄せた……」

杉田は啞然《あぜん》として、真弓を見ていた。

「つまり君は……」

「その前に、ちゃんとドアを閉めてロックしたわよ」

と、真弓は微笑んで、「あのスポーツ大臣のことを忘れたかったんでしょうね。とても情熱的に私を抱いたわ」

「何てことを……」

「別に、あなたのためってわけじゃないの。面白かったのよ、あの状況がね。でも、結果として、宇野があなたに勝てなかったのは……」

それはそうだ。いくら宇野が若くても、競技の前に女を二人も抱いたら、肝心のレースで力が出ないに決っている。

「――これでお分り?」

と、真弓は言った。「あなたが一位になって得た利益のほんの少し、私に回して下さらない? 私、自分のお店を開きたいの。ちょうど手ごろな物件があってね。あなたのことは、色々手を回して調べてたわ。入院したって知って、心配になったのよ」

「金が手に入らなくなるからか」

「それもあるわね。でも、本当なのよ。私はあなたの大ファンなの」

そのとき、病室のドアの外で声がした。

「あら、だめですよ、犬を中に入れちゃ」

「じゃあ、本当にあなたは宇野に雇われてるわけじゃないのね？」

杉田靖子は刺すような目でマリをにらみながら言った。

「違います。私……ポチがあの病院の中へ入ってしまったんで捜してたんです。そしたら、たまたま杉田さんの病室の前で……」

「怪しいもんだわね」

靖子は渋い顔をしていたが、「まあいいわ。あなたや、そのワンちゃんのことにかかずらってる暇はないの」

「すみません」

マリは謝って、「じゃ、私たちこれで——」

「だめよ！　出て行かないで」

「でも、ポチがいると……」

「大丈夫よ。ここは自由がきくから」

「それじゃ、すみませんけど、何か食べるものを……」

——夜、遅くなっていた。

こっそりと病院を移って、杉田は〈特別室〉の中、ガウン姿で寛《くつろ》いでいた。マリとポチも、靖子に連れて来られたのだった。

「近くにファミレスがあっただろ」

と、杉田は言った。「何か食べに行かせてやれ。その子は大丈夫だ」

「そうね……。食べてらっしゃい。でも、戻って来るのよ」

「ありがとうございます」

靖子が千円札を何枚かくれて、マリはありがたくいただいておくことにした。

病室を出ると、

「どうするんだろ、杉田さん」

と、マリは言った。

「ちょっとまた立ち聞きして行こうぜ。もう夜中だ、誰も来ねえよ」

本当なら、天使が立ち聞きというのは、感心したことではないが、マリも杉田のことが心配だった……。


「どうするの？」

と、靖子が言った。「その五木真弓って女のこと、放《ほ》っとくわけにいかないでしょ」

「うん、まあ……考えてる」

杉田も歯切れが悪い。何といっても、真弓と浮気したのは事実なのだ。

「一度や二度の浮気はどうでもいいわよ」

と、靖子は言った。「でも――二千万もよこせって、脅迫じゃないの」

「ああ……。しかし、数日中に返事しないと」

真弓は杉田が倒れて入院したことを知っているのだ。それをマスコミにばらされたら、杉田には打撃である。

「ともかく、その女の口をふさがないと」

と、靖子は言った。「とりあえず、百万か二百万渡して、時間を稼ぐしかないんじゃない?」

「そうだな……」

「大体、二千万なんてお金、とても用意できないわよ」

「店を出すのに必要だと言ってた」

「ふっかけてるのよ。――いいわ、私が直接会って、話をつけてくる」

と、靖子は言って、「それにしても……宇野と香川雪枝がね。呆れたもんだわ」

「あの五木真弓の話が嘘とは思えない。あの百メートルで俺が勝てたのは、ふしぎだったからな」

「あなた……」

「俺は自分の実力で勝ったと思ってた。まあ、宇野がたまたま調子悪かったんだろうと思ってはいたが」

杉田の口調は、徐々にひとり言のようになって行った。「そうなんだ……。俺は結局あいつに負けてたんだ……」

「何を言ってるのよ!」

と、靖子は叱りつけるように言った。「勝ったのはあなたなのよ。宇野が何をしようが、それは宇野自身がやったことで、あなたとは関係ない。そうでしょ? 宇野は負けたの。その事実は変らないわ」

杉田は我に返ったように、妻を見て、

「——そうだな。記録はともかく、一位になったのは俺だった」

「そうよ! 堂々と胸を張ってればいいのよ。あなたは、ドーピングも何もしないで勝った。『日本一速い男』なのよ」

靖子のケータイが鳴った。——広告代理店〈S〉の永原だ。

「——はい。もしもし?——ええ、大丈夫。無事に転院したわ。明日、検査を受けるけど、もう当人は元気よ。何ともないって。顔色もいいしね」

「それは良かったです。〈K製薬〉のCMですが、何とかなりそうですよ」

「本当? じゃ、ギャラは期待できるわね」

これまでのCMのスポンサーでも、〈K製薬〉は一番の大手だ。

「またご報告しますよ」

と、永原は言った。

「よろしくね」

靖子はすっかり上機嫌になっていた。

## 5　損得勘定

「差別だ！」

と怒っているのはポチ。

「仕方ないでしょ」

と、マリは苦笑して、「いつものことじゃないの。ちょっと我慢しててよ」

「早く出て来いよ」

杉田の転院して来た病院を出て、マリとポチは近くのファミレスへやって来た。

杉田の妻からもらったお金で、やっと食事にありつけるというわけだが、やはり犬は中で食べられない。ポチはそれで文句を言っているのだった。

ともかく、急いで食べて、一人分をテイクアウトにしてもらって、外で待っているポチに食べさせる。——靖子と杉田の話を立ち聞きしていたので、出て来るのが少し遅くなった……。

マリは、ハンバーグ定食を注文して、さらにテイクアウトの分も頼んで一息ついた。

それにしても——スポーツの世界も、一歩中に入ると色々大変なんだ、とマリは思った。

もちろん、マリも研修として、人間界を渡り歩いて、人の裏も表も見て来た。スポーツの世界だけが例外ではいられないということも分っている。

それでも、マリにはスポーツがあまりに「商売」になり過ぎていると思えてならない。

勝つこと。一位になること。——そのためには、普通に働いたりしていてはだめなのだというのも事実だろう。

だから、勝てばそのことでできるだけお金を稼ぐ。——杉田の妻の考えを、責めることはできない。

でも、無心に走り、飛び、泳ぐ人間の汗の美しさを、マリは天国で見て来た。そんなスポーツの姿は、「時代遅れ」でしかないのだろうか……。

あれ？

食事していたマリは、店に入って来た女性を見て、目を見開いた。

あの五木真弓だったのである。

マリには全く気付かず、すぐ近くのテーブルに向った。そこでは背広姿の男が待っていた。

「杉田さんと話したの？」

　と、真弓は訊いた。

「ああ。すっかり元気だと言ってたよ」

「それなら、転院してまで検査しないわよね。永原さん、どうなの、〈S〉としては？　これ以上、杉田さんに肩入れして、もし倒れられたら大損でしょ」

「まあね」

　と、永原は肯いて、「しかし、すぐ倒れるとは限らない。やはり『日本一速い男』の宣伝効果は小さくないよ」

「じゃ、私は――」

「いや、待ってくれ。宇野には、香川雪枝がついてる。こいつは無視できない。何しろ現役のスポーツ大臣だからな」

　永原の言葉に、真弓はちょっと笑って、

「広告代理店大手の社員の言葉とも思えないわね」

　と言った。

「どういう意味だ？」

「あの大臣の賞味期限の話よ」

と、真弓は言った。

「何だって？」

「オリンピックが近いってこと、忘れてない？　オリンピックで、どれだけのお金が動くか、知ってるでしょ。あの香川大臣はタレント出身で、大臣といっても、スポーツ界のお偉方と親しいわけでもない。それに、土木、建設会社とのつながりもない。そんな大臣がオリンピックまで、大臣でいられると思う？」

永原も言葉を失っていた。——真弓からそんな言葉を聞こうとは思わなかったのだろう。

「見てらっしゃい」

と、真弓は続けて、「あと二、三か月の内に、何か理由をつけて、あの大臣は更迭されるわよ」

永原は苦笑して、

「いや、びっくりしたな。そんなにはっきり言うとは、君、何かその筋に知り合いがいるのかい？」

「ただの推測よ。でも、たぶん当ると思ってるけどね」

「まあ、君の想定通りだとして、宇野にとっちゃ見通しは暗いってことだな」

「当人はそう思ってないでしょうけど」

「よし、〈K製薬〉の話を、もう一度考え直してみるか」

と、永原は言った。

「もう宇野で決りじゃなかったの？」

「杉田の奥さんには、希望を持たせておいた」

「どうして？」

「希望を持ってるところへ、『やっぱりだめでした』と言えばショックが大きいだろ。その後の話をこっちのペースで進めやすいと思ってね」

「まあ、ずるい」

と、真弓は笑った。「さすが〈S〉のエリートね」

「皮肉かい？」

——聞いていて、マリはいやになった。

これがビジネスというものかもしれないが、人との信頼や誠意など全く無視した言い方は、天使として、あまりに聞くのが辛《つら》いことだった。

すると、永原のケータイが鳴って、

「——もしもし、何だ？」

聞いている内、永原が愕然《がくぜん》として、「本当なのか！——確認しろよ、ちゃんと。——ああ、分った」

真弓が、

「どうかしたの？」

と訊くと、永原は、

「どこで聞いて来たんだ？」

「——何のこと？」

「とぼけるなよ。香川大臣が明日辞任するそうだ。知ってたんだな？」

「まさか。——ずいぶん早かったのね。もしかして、宇野とのスキャンダル？」

「本当に知らなかったのか」

「くどいわね。それ以上言ったら、二度と口をきかないわよ」

真弓はどう見ても本気で怒っている。

「分った。——すまん」

と、永原は息をついて、「ただ、あまりにタイミングがな……」

「理由は分ったの？」

「週刊誌に載るそうだ。〈某アスリートとの情事〉が」

「宇野の名前は？」

「それは分らない。しかし、もう一つあるんだ」

「何が？」

「週刊誌の記事さ。香川雪枝の、別れた亭主が自殺した」

「まあ」

「しかもマスコミ宛てに、ファックスを送っていて、妻の男遊びが止まなかったことで、苦しんでいた、と書いてるんだそうだ」

「そう。――それじゃ、大臣も自業自得ね」

「こうなると、宇野より杉田だな」

「でも、次の大会で……」

「いや、杉田はもう現役を引退するさ。年齢からいってもおかしくない」

「勝ち逃げ、って感じね」

と、真弓は笑って言った。

## 6　挑　戦

「いいね！」

と、派手なジャンパーの男が言った。「こんな理想的な天気はめったにないよ」

穏やかな青空。そして、かすかに頬をなでる風。

そこはあの場所——杉田が「日本一速い男」になった、あの競技場のトラックだった。

「あなた、大丈夫？」

と、靖子は夫に声をかけた。

「ああ、絶好調だ」

と、杉田は言って、タオルで首筋の汗を拭《ぬぐ》った。

「でも——その恰好《かっこう》でずっといると……」

靖子は、カメラをセットしているスタッフたちの方を見ると、「もっと手ぎわよくやれないのかしら」

と、苛立《いらだ》った口調で言った。

「落ちつけ」

と、杉田は言った。「二、三度、スタートを撮っただけじゃないか」

「でも、せっかくの〈K製薬〉のCMよ。一番いいところをしっかり撮ってもらわなきゃ」

トラックへ、永原がやって来た。もちろん背広にネクタイだ。

「どうも」

「永原さん。ご苦労さま」

と、靖子は言った。「ラッキーだったわね」

香川雪枝の失脚のことを言っているのだ。

つまり、〈K製薬〉のCMが杉田に回って来たのは、幸運であって永原の手腕ではないとほのめかしているのである。

永原の方だって、そういうニュアンスを分らないはずがない。

「運も実力の内、と言いますよ」

と、平然と言い返した。

「ギャラの話し合いはついたの？」

「このビデオの出来によるでしょう。そのための一流のスタッフです」

ジャンパー姿のディレクターがやって来ると、

「お待たせしました」

と言った。「今度はカメラが真横を並走しますからね。よろしく」

「ちゃんと追って来られるの？　主人が本気で走れば速いわよ」

「ご心配なく。ポルシェの走りだって追って見せますよ」

と、ディレクターは自信たっぷりに言った。「いつでも用意はできてます」

「うん」

と、杉田は肯いた。「少し待とう」

靖子がふしぎそうに、

「誰を待つの？」

と訊いたが、杉田は答えなかった。

「――まさか、あの子たちじゃないわよね」

トラックに、マリとポチが出て来たのである。

「やあ」

と、杉田は言った。「どうだった？」

「ええ。今、仕度を」

と、マリは言った。

待つほどもなく、ランニングウェアで現われたのは、宇野だった。

靖子が愕然として、

「どういうことなの！」

と、永原の方を見る。

「いや、僕は知りません」

永原が首を振った。

「いいんだ」

と、杉田が言った。「俺が呼んだんだ」

「あなた……」

「どうだ、宇野」

と、杉田は百メートルのトラックを見やって、「もう一度、勝負するか」

宇野は半信半疑という表情だった。

「本気か？　本当に勝負しようって言うのか？」

「でなきゃ、わざわざここまで呼びやしないさ」

宇野は皮肉めいた笑みを浮かべると、

「僕に勝てると思ってるのか？」

と言った。「あの日は特別だったんだ。知ってるのか」

「ああ、分ってる。だから、今度こそ正々堂々と勝負しようと言ってるんだ」

「待って！」

と、靖子が割って入った。「こんなこと、意味ないわよ。正式な競技会でもないのに」

「分ってる。いいんだ。黙って見ていろ」

「いいえ、黙ってなんかいられないわ！　この宇野って人は、週刊誌に書かれた、スポーツ大臣の愛人だったのよ。正式に『日本一速い男』になったあなたが、こんなスキャンダルに係《かかわ》ってる選手と走るなんて、許されないわよ」

と、靖子がまくし立てるように言った。

「もちろん、これは正式なレースじゃない」

と、杉田は言った。「しかし、それでも俺は走りたい。同じ条件で、もう一度、宇野に勝ちたいんだ」

——撮影クルーが戸惑っている。

「どうします？　お二人で走るのを撮りますか？」

「必要ないわ！」

と、靖子は叫ぶように言った。「このCMは杉田一人のものよ！」

「分ってますよ、奥さん」

と、宇野が言った。「金のことはどうでもいい。実力で杉田に勝ちたいんだ」

「よし、やろう。——CMには使えないだろうが、撮っといてくれ」

「あなた……」

「何も言うな」

と、杉田は妻を制して、「さあ、スタートの準備を」

隣り合った二つのレーンが、準備された。

「ピストルは……。そうだな」

杉田はスタート用のピストルを手にして、

「君がやってくれ」

と、マリへと手渡した。

「——並んだ」

杉田は歯を食いしばり、必死に追い上げた。

ほんの十秒ほどが、長く感じられた。

マリが、つい声を出す。

二人の激しい息づかいまで聞こえてくるようだった。

「ああ……」

二人が飛び出した。——初め、宇野が、二、三メートルリードしていた。

ピストルの音が競技場に響いた。

と、ピストルを手にスタートする二人のすぐ横に立った。「用意……」

「じゃあ……」

マリは深く息をつくと、
と、杉田はマリに言った。

「じゃあ、頼むよ」

——二人が百メートルの距離を前に並び立った。

「分りました」

「君は公平な人間だ。何しろ天使だっていうからな」

「私が？」

と、マリは呟《つぶや》いた。

どんどん遠ざかって行く二人の姿が、ふしぎなほどはっきりと見えていた。そして——。

「やった！」

と、杉田が叫んだ。「勝ったぞ！」

ゴール直前、杉田ははっきりと宇野を抜いた。そして、そのままゴールすると、飛び上がるようにして、スタート地点に向って小走りに戻って来た。

「やったぞ！　俺は勝った！」

と、杉田は拳《こぶし》を天に突き上げた。

宇野は疲れ果てたように、ゆっくりと歩いて戻って来た。

「凄いレースでした！」

と、ディレクターが興奮した様子で言った。

「あなた……」

「見たか！　やっぱり、俺は日本一なんだ！」

激しく喘ぎながら、杉田は妻を抱きしめた。

そして——ズルズルと、靖子の腕から抜け落ちるように、その場に崩れた。

「あなた！　どうしたの！」

靖子の声が響いた。「あなた！——救急車を呼んで！　誰か！」

「分ってたのか、お前?」

と、ポチが言った。

「そんなわけないでしょ。いくら天使だって、心電図とれるわけじゃないんだから」

マリは、病院の玄関の表に立っていた。ポチと一緒には入れないからだ。

宇野を呼んで来たとき、マリは救急車を頼んでいたのだ。杉田が倒れると同時に、救急隊員が駆けつけた。

そして——少なくとも、病院に着くまでは、杉田は生きていた。

「——やあ」

前に診てくれた神谷医師が出て来た。

「どうですか?」

「うん、命は取り止めたよ」

「良かった!」

と、マリは息をついた。

「でも、もう走れないな。心臓の手術をすることになるだろう」

「そうですか」

「奥さんが君に礼を言ってくれと。直接言えばいいのにね」

「いえ……。分ります。私、余計なことをしたのかも……」

「しかし、ともかく助かったんだから」

「そうですね」

でも、走れなくなった「日本一速い男」は、これからどうするのだろう？

「――じゃ、これで」

と、マリは言った。「ポチ、行くよ」

足早に病院を後にして、

「きっと、いつか思うよね。生きてて良かった、って」

と、マリは言った。

「そんな先のことより、今夜の飯の心配しろよ」

「あんたは食い気ばっかりね」

「色気のない奴が何言ってんだ」

二人はやり合いながら、また歩き続けた……。

# 悪魔が夜来る

# 1　くじ

くじを引く手は震えていた。

頼む。──頼むから、当らないでくれ。

そう祈れば祈るほど、引き当ててしまうに違いないという気がしてくる。

一本を選び、しっかり指先でつかんだときには、その思いはほとんど確信に近いものになっていた。

そうだ。──俺はいつもツイていない男だった。

諦《あきら》めに近い気持で、佐伯《さえき》はそのくじを引いた。

「警察に突き出さないだけでも、ありがたいと思えよ」

その車掌はしかめっつらをして、「二度とやるんじゃないぞ！」

と怒鳴った。

列車が出ていく。

人気《ひとけ》のないホームには、一人の少女と一匹の黒い犬が取り残されていた。

「だからよそうって言ったんだ」

と、黒い犬、ポチが言った。

「あんた、そんなこと言わなかったじゃない」

と、少女マリが言い返す。「どこ行きでもいいから乗っちまおうぜ、って言ったくせに」

「そんなこと言ったか?」

と、ポチがとぼけた。

「忘れたって言うの?」

「悪魔が嘘つくのは当り前だろ」

「もう!　ずるいんだから」

――無人駅だった。

そして辺りは暗くなり始めていた。

「どうするんだ?」

と、ポチが言った。

「うん……。何もなさそうだね、外にも」

古びた駅舎から表に出てみる。

――この二人。マリは地上へ研修に来ている天使。ポチは地獄から「成績不良」で叩《たた》き出されて来たケチな悪魔である。

仮の姿とはいえ、ポチは犬だから当然人間のようにはしゃべれない。ただ、人が聞けば犬が吠《ほ》えているとしか聞こえなくても、マリにだけは「言葉」が通じる。

「どうなってんだ？」

と、ポチは文句を言った。

駅の前には、何軒か家があったが、どこも空家で、つまりはゴーストタウンと化していたのである。

「参ったね」

と、マリは言った。「この駅の中で寝るしか……」

「木のベンチでか？　俺はデリケートなんだぜ」

「犬のくせに何言ってんの」

たまたま一緒に旅をすることになった、マリとポチだが、この世界では生身の体。食べていかなくてはならない。

マリが何とかアルバイトをして食いつないでいるのだが……。

「あ……。雨だ」

マリがポツリと頭に当るのを感じて、急いで駅舎の中へ戻る。

とたんに、ザーッと音をたてて雨が降って来た。

「こうなったら仕方ないよ。そこのベンチで寝よう」

「おい、何か忘れてんじゃねえか」

「分ってるわよ。食いもんでしょ。だって、こんな所、お弁当一つ買えないじゃないの」

「全く、あの車掌の奴、こんな駅で降ろしやがって！」

切符も買わずに勝手に乗っていたのだから、降ろされても文句は言えないが、確かに、せめて人の住んでいる所で降ろしてほしかった……。

「しょうがないね。こんな所、車も通らないだろうし」

と、マリは言って、暗くなった駅の待合室で、ベンチにゴロリと横になった。

ポチも渋々、

「天使がそんなに怠けてていいのか……」

と呟《つぶや》きながら、ベンチに上って、ベタッと横たわった。

別に眠いわけではなかったが、やがて真暗になり、雨の音がずっと聞こえている単調さの中で、何となくウトウトし始めるマリだったが……。


え？——これって、夢の中？

ふと目を開けたマリは、少しして起き上り、

「ポチ！　起きて！」

と、呼びかけた。

「何だよ……」

ポチが面倒くさそうに言って、「——おい、何か聞こえるか？」

「ね、聞こえてるよね」

幻聴じゃないらしい。

——歌だ。それもにぎやかな伴奏のついた、ひと昔もふた昔も前の演歌。

「どこから聞こえてるんだ？」

ポチが急いでベンチから下りる。

マリも駅舎から出てみると、もう雨は上って、空気がひんやりと冷たい。

そして、目の前の、どう見ても空家だった古い建物に明りが点《つ》いて、そこで音楽が鳴っているのである。

「——何だろ？」

「何でもいいや！　ともかく、食いものがあるかもしれねえぞ」

と、ポチが張り切っている。

マリも、一体そこが何なのか、知りたいという気持を抑えられなかった。

道を横切って、マリとポチはその明りの点いた家へと近付いた。

小さなドアがあり、ペンキがひび割れてはげているが、かすれた文字が〈BAR〉と読める。

「以前はバーだったのね」

と、マリは言った。「でも、どうして……」

「ともかく入ろうぜ。歌が流れてんだから、誰かいるんだ」

「うん……」

何だか、これって普通じゃない、と思ったが、今さら迷っていても仕方ない。

「失礼します」

と、少し大きな声で言って、ドアを開ける。

ドアは歪《ゆが》んでいるのだろう、キイキイと耳ざわりな音をたてた。でも、ともかくマリの力でも何とか開いた。

「あの……」

と、中を覗《のぞ》くと——。

古びたカウンター。椅子とテーブルが一組だけ置いてあった。

カラオケセットらしい機械から、昔の演歌が流れていた。もっとも、カラオケでなく、歌手の歌だ。

しかし……なぜか、店の中には誰もいなかった。

「すみません！」

と、マリは言った。「誰かいませんか！」

返事がない。マリはカラオケの機械のボタンを押して、歌を止めた。

「——どうなってるんだろ？」

「何か食いもん、ないのか？」

と、ポチが言って、鼻をひくつかせると、「何かいい匂いがするぜ」

「そうだね」

カウンターの中へ入ってみると、電子レンジが置いてある。扉を開けると、

「カレーがあったためてある！」

「食おうぜ！」

ポチがカウンターへ飛び上ってくる。

「分った！　分ったから待って！」

温められたカレーライスをテーブルに置くと、ポチが猛然と食べ出した。

小型の冷蔵庫を開けると、もうひと皿のカレーライスと、他にもステーキや魚の煮つけが入っていた。

「電子レンジで温めて食べようね」

と、マリが言っている間に、ポチはカレーの皿を、ほとんど空にしていた。

冷蔵庫を覗いたポチが、

「おい！　全部電子レンジで温めろよ！　これぐらい、俺一人で食ってやる！」

「私だって、お腹ペコペコなのよ」

「人のことなんか知るか」

ともかく――マリとポチはアッという間に、用意されていた食事をすべて平らげてしまった。

「ああ……。生き返った！」

と、マリも息をついて、「でも、これってどういうことなの？」

「知らねえよ」

「ともかく、私たちのために用意されてたわけじゃないのは確かよね。でも、誰もいないって、妙ね」

「もう食っちまったもんは返せないぜ。――今からどこかへ行くったって……」

「そうねえ……」

ドアから外を覗くと、「――また雨が降り出した。ここに泊るしかないわね」

「寝る所はねえのか」

「奥にたぶん部屋が……」

カウンターの奥のドアを開けると、マリは目を丸くした。

小さな部屋だが、明りが点いていて、シングルのベッドが置かれていたのだ。それも今すぐ寝られるような状態にベッドメイクしてある。

「――見て。小さいけどシャワールームもある」

トイレと一体になったカーテン付きのシャワーだ。

蛇口をひねってみると、シャワーからお湯が出た。

「ここで泊れってことだな」

と、ポチが言った。「誰か知らねえけど、旅人を歓迎してくれてるんだ。親切を無にしちゃならねえ」

――何だかおかしい。不自然だわ、とマリは思ったが、こうして目の前に熱いシャワーとベッドがあっては、その誘惑には逆らえなかった。

「じゃ……ご厄介になろうか」

と、マリは言った。「シャワー浴びるから、あんた向う行ってて」

「お前の裸なんか見たって、ちっとも面白くねえや」

「いいから！」

「分ったよ」

――マリは、何日ぶりかで、熱いシャワーを浴び、髪も洗った。

なぜか、タオルもちゃんと用意されている。

「どなたか存じませんが、ありがとうございます」

と、適当に空中へ礼を言って、マリはベッドの上に横になった。
そして——眠いと思う間もなく、眠りに落ちてしまったのだ……。

## 2　恩返し

うーん……。

マリは寝返りを打って、フッと目を覚ました。

あれ？　どこで寝てるんだろ、私？

ベッド？　どうしてベッドで？

「ああ……」

夢じゃなかったんだ。

どれくらい眠ったのか、起き上って、大欠伸《おおあくび》をすると、マリはベッドの足下の方で、ポチがぐっすり寝ているのに気が付いた。

部屋に窓がないので、今が昼か夜か分らない。ドアが細く開いたままで、明りが入って来ている。

「もう夜が明けてるのね、きっと……」

ぐっすり眠った印象から考えて、大分長く寝ただろう。

マリはベッドから出て伸びをすると、ドアを開けて、カウンターのある店の方を覗いたが——。

いきなり、目の前に背広姿の男性が立っていて、マリはびっくりして飛び上りそうになった。

「——おはよう」

と、その男は言った。「といっても、もう午後二時だがね」

「あ……。どうも。おはようございます」

マリはとりあえず挨拶《あいさつ》して、「あの……すみません。ちゃんと仕度しますので、少し時間をいただけますか」

「いいとも」

と、男は言った。「表で待っている。急がなくていいよ」

「はあ……」

事情というか、どうしてここにマリとポチがいることになったのか、その男が何なのか、さっぱり分らないままだったが、その話は後だ。

マリはポチをつついて、

「起きて！　ほら！」

「ウーン……。何だ？　朝飯か？」

「起きるのよ！」

マリはシャワーのお湯で顔を洗い、ともかくみっともなく見えない程度に身仕度した。

「おい、何か怪しくねえか？」

と、ポチが言った。

「うん……。まあ、ちょっとはね」

「今の内に逃げ出そうぜ。やばいことにならねえ内に」

悪魔の言うこととしてはちょっと変な気もしたが、マリも同感ではあった。

しかし、逃げ出すといっても、表には、正面のドアからしか出られないのだ。

「ともかく、話を聞こうよ」

と、マリは言った。「それに、お礼は言わないと」

「変なところで義理堅いんだからな、全く」

「仕方ないでしょ。天使なんだから」

――二人が外へ出ると、ゆうべの雨が嘘のように、よく晴れ上っていた。

目の前には、黒塗りの高級車が停っていた。その前に立っていた男は、

「ゆっくり寝られたようだね」

と言った。

「はあ……。あの……色々ありがとうございました。でも……」

「訊《き》きたいことはあるだろう。しかし、こんな所で立ち話ってわけにもいかない。ともかく車に乗って、僕の町へ来てくれ」

「町？」

「僕は佐伯安志《やすし》。この先の〈北風町《きたかぜちょう》〉の町長だ」

「はあ……」

身なりも立派だし、誠実そうな印象の中年男性。マリも、差し当っては言われた通りにするしかないと思った。

「向うに着いたら、食事を用意してあるよ」

佐伯という男の言葉に、ポチはコロリと変って、

「じゃ、いただこうか」

と、ドアを開けてもらって真先に車に乗り込んだ。

これが「町」？

——口に出すのは失礼かと思って、マリは黙っていたが、ポチの方はどうせ人間には分らないので、

「シケた所だな」

と、率直な感想を口にした。

車は山間《やまあい》の奥深くへと入って行った。

人家らしいものが全く見当らない道を辿《たど》ってしばらく行くと、「町」が見えて来た。

もっとも、佐伯が、

「あそこだよ」

と言わなかったら、そこが町だとは思わなかったろう。

身を寄せ合うように建っている家は、せいぜい十数軒。

「――『町』というより、集落だがね」

と、佐伯が言った。「〈北風町〉はね、この辺一帯の、こういう小さな集落をいくつもまとめて一つの町になってるんだよ」

「そうですか……」

車が停ったのは、一応一番立派な造りの日本家屋の前だった。

車を降りると、玄関の戸がガラッと開いて、和服姿の女性が出て来た。

「いらっしゃいませ」

と、ていねいに挨拶されると、マリの方は焦って、

「恐れ入ります」

と、深々と頭を下げた。

「佐伯の家内でございます」

「は……。マリといいます。あの——これは連れのポチです」

「まあ、立派なお犬ですこと」

と言われて、ポチの方も照れている。

『お犬』って言われるほどのもんでも……。あんたもいい女だね」

「何言ってんの」

と、マリはポチをちょっとにらんでやった。

「——どうぞお上り下さい」

と、町長夫人は言った。


「すると二人で旅を？」

と、佐伯が言った。「偉いねえ。親元を離れて旅するなんて、容易じゃないだろう」

何しろ「天国」と「地獄」の出身なので、とも言えない。

「ええと……。これには色々わけが……」

と言いかけると、

「いや、言いにくいこともあるだろう。無理に話さなくてもいいよ」

と、佐伯はやけにもの分りがいい。

「さ、召し上がれ」

と、佐伯の妻——初代《はつよ》といった——が、マリとポチにサンドイッチを出して、「夕食はすき焼にしようと思っていますの。お好きかしら？」

「もちろんでさ！」

と、ポチがすかさず鳴いたので、初代は笑って、

「まあ、ポチさんはまるで人間の言葉が分るみたいね」

「食べることには勘が働くんです」

と、マリは言って、「いただきます」

と、サンドイッチをつまんだ。

もちろんポチも遠慮なくいただいたのである。

「でも、佐伯さん」

と、マリは言った。「ゆうべ、あんなに食事やベッドを用意して下さったのはどうして……」

「君たちをあそこに降ろした車掌は、この町の出身でね」

と、佐伯は言った。「昨日、町議会から帰って来るときに会ったら、『可哀そうなことをした』って話してくれたんだ」

「はあ……」

「僕が、そんな不人情なことをするもんじゃないと叱ると、彼はあの駅まで見に行ってね、君らが駅舎で眠ってると知らせて来た。どうしたものかと思ったが、きっとお腹も空《す》いているに違いないと家内が言うものだから、目が覚めたら食べられるようにと仕度しておいた。もちろん、カレーとか、大した手間じゃないものでね。気にしなくてもいいよ」

佐伯の説明はスラスラと出て来て、あらかじめ用意されていたようだったが、どう考えても、それで納得できるわけではない。

しかし、出されたものを食べ、ぐっすり眠った身としては、文句を言うのも気がひけるところだった。

「――僕はこれから町の仕事があって出かけるがね」

と、佐伯は言った。「君らも疲れてるだろう。この家は古くて広い。いくらでも空いた部屋があるんだ。ゆっくり休むといい」

すると、玄関の方で、

「ただいま」

と、声がして、ブレザー姿の女の子が鞄《かばん》を手に顔を出した。

「まあ。帰って来たの？」

と、初代が言った。

「うん。――この人は？」

「これはうちの娘でね」

と、佐伯は言った。「美知《みち》というんだ。今十六歳の高校生で」

「マリです。これはポチ」

「へえ。――今どき、ポチなんて名の犬がいるんだ」

と、美知という少女は愛想のない表情で言うと、「今夜、友達に誘われてるの。出かけてくる」

「分ったわ。暗くなると危いから、泊めていただきなさい、お友達の所に」

「うん、そうする」

と言って、美知は奥へと入って行った。

「それじゃ、僕はこれで……」

佐伯が出かけて行き、マリとポチは、二階の部屋へ案内されて、

「じゃ、夕食のとき、声をかけますからね」

と、初代は早口に言って、いなくなってしまった。

「やっぱ、どこか変だぜ」

と、ポチは言った。

「私もそう思うけど……」

「しかし、逃げ出すのは、すき焼を食ってからにしよう」

## 3　闇が来る

どうしたものか……。

マリとしては、一泊でも、この家で休めれば後の旅が楽になるのは確かである。しかし、ポチの言う通り、この「親切さ」は不自然だ。

「ポチ……」

と、見ると、ポチは部屋に置かれた座布団の上でグーグー眠っている。

マリはちょっと考えてから、障子を開けて廊下へ出た。

どこかが、あの美知という子の部屋だろう。

マリはあの少女と話してみたかった。

しかし、本当に広い家で、どこが娘の部屋なのか……。

すると、

「ここへ来ちゃだめって言ったじゃない」

と、女の子の声が聞こえた。

廊下の窓が開いていて、覗くと、下の庭で、あの美知という子が、誰かと話をしているようだった。

「だって……今夜なんだろ？」

と言ったのは、若い男の子らしい声。

見ていると、マリにも、ジャンパー姿のやはり十代らしい男の子が見えた。

「たぶんね」

と、美知が言った。「でも、詳しいことは教えてくれないの」

「だって、お前が――」

「大丈夫。お父さんが、他の子を見付けて来た」

「本当か？」

と、少年が言った。「そんなに都合よく？」

「うん。私ぐらいの女の子だよ」

「でも――何も知らないんだろ」

「そりゃそうでしょ。説明もできないだろうし」

「じゃ、お前はどうするんだ？」

「出かける。明日まで帰らない」

「そうか」

「しっ、お母さんが……」

美知が男の子の手を引いて、庭の奥の木立の間へと連れて行った。

「修《しゅう》……」

美知は、男の子にキスすると、「心配してくれたんだね……」

「当り前だ」

と、修は言った。「俺、お前を連れて逃げようと思って来たんだ」

「本気で？」

「ああ」

と、修は美知を抱きしめて、「二人でどこか遠くに行って暮そうと思ってた」

「嬉《うれ》しい」

美知はもう一度修にキスすると、「だけど、町の人たちが……」

「大人は大人で何とかするさ。放《ほ》っときゃいいんだ」

「そんなわけには……。お父さんの立場ってものがあるよ」

「町長ったって、やらされてるだけじゃないか」

と、修は言った。「誰もあれに逆《さか》らえないんだからな」

「仕方ないよ。でも、ともかく私は大丈夫だから」

「分ったよ。でも——早く出かけろよ。暗くなったら、いつあれがやって来るか分らないだろ」

「修……。出かけるとき、待ってて、一緒に行ってくれる?」

「ああ。——いいのか?」

「もちろん、お母さんには内緒よ。でも、もし分っても、何も言わないと思う。今夜のことに比べたら……」

「そうだな。——じゃ、どこで待ってる?」

「この先の池の所で」

「分った。——あと一時間もしたら暗くなってくるぞ」

「うん。仕度して、三十分で行く」

「待ってるよ」

修は、小走りに姿を消した。

美知は家の方へ戻ろうとして、ハッと息を呑《の》んだ。

「話を聞かせて」

と、マリが言った。「今夜来る、『あれ』って、何のこと?」

「何のこと?」

てるとこ」

と、美知はたじろいだが、何とかごまかそうとして、「覗き見してたのね、修とキスし
「正直に話して」

と、マリは言った。「あなた、何かから逃げようとしてるんでしょ？　あなたの代りに、お父さんが見付けて来た子、って私のことなんでしょ」

「知らないわ！　私、そんなこと、関係ない！」

と、美知はむきになって言った。

「お願い。話してちょうだい。何かとても困ったことが起るのね、この町に」

「あんたの知ったことじゃないわ」

「ね、話してみて。何か力になれることがあるかもしれない」

と、マリは言った。「あなたの言う『あれ』って、何なの？」

そのとき、マリは背後の足音を聞いて、ハッとした。振り向くより早く、固い棒が頭を一撃して、マリはそのまま気を失ってしまった……。

池の水はずいぶん少なくなっていた。

美知は駆けて来て、息を弾ませながら、池のほとりに立った。

「美知」

ガサッと茂みをかき分けて、修が出て来た。

「ああ、びっくりした！——まだ大丈夫でしょ」

「でも、この辺は暗くなるの早いからな」

と、修は言って、「——いいんだろ？」

何のことを言っているか、美知には分った。

「うん」

と、しっかり肯《うなず》く。

「じゃ、行こう」

修の伸した手を、美知はつかんだ。

「どこへ？」

「いい所があるんだ」

と、修は言った。「来れば分るよ」

「うん」

美知は修と一緒に、木立の間を抜けて行った。

山の影がゆっくりと手を伸して来て、二人がついさっきまで立っていた池の辺りを暗く塗りつぶして行った。

気が付いても、しばらくは目を開けられなかった。頭の後ろにそっと触ると、こぶになっていて、飛び上るほど痛い。

「あ……。痛い……」

と、マリは呟いた。「何も、こんなにひどく殴らなくたって」

「ひどいなあ……」

でも、ともかく生きてはいるようだ。

といっても……。

マリはゆっくりと起き上った。周囲は真暗で、何も見えない。

ここ……どこだろ？

周囲を手探りすると、ザラついた床に寝かされていたらしいと分る。埃《ほこり》っぽい匂いがして、静けさの中に、どこかで水の落ちる音がした。

誰に殴られたのかは分らなかった。しかし、その直前に、あの町長の娘と話していたのは憶《おぼ》えている。

一体何なのだろう？「あれ」とは……。

そのとき、白い明りが、射し込んで来た。

それは月明りだった。――床に格子状の光が落ちた。

どうやら、古い小屋のような建物で、たぶん、使われなくなった神社の社ではないかとマリは思った。

ともかく、辺りの様子が見えるようになって、少しホッとはしたが、頭の痛みは治らない。

格子状の窓の付いた扉を開けようとしたが、ガタガタと動くものの、開かない。何か金属の触れ合う、ガチャガチャという音がして、たぶん、錠前か鎖で、開かなくしてあるのだろうと思えた。

他に出入口はないようだ。——どうしよう？

もう夜になっている、ということは、その「何か」がやって来るかもしれないということだろう。

「そういえば……ポチ、どうしたのかな」

と呟いた。

まあ、立場（？）は違うが、一緒に旅する仲だ。助けに来てくれるかどうか分らないが、少なくとも、ポチも同様に片付けられていないといいのだが……。

マリが途方に暮れて、埃のつもった床に座り込んでいると——。

「おい」

と、どこかで声がした。

びっくりして立ち上ったが——人の姿はない。しかし、また、

「大丈夫か？」

と、男の声。

「どこですか？」

と、マリがキョロキョロしていると、突然、床板がメリメリと音をたてて、何枚かめくれ上って来た。

男が顔を出して、

「ここから逃げるんだ！」

と言った。

「え？」

「早くしろ！　みんなが来る！」

ともかく、じっとしているよりいいだろう。

マリはその床板のめくれた所から床下へ下りた。

「こっちだ！」

頭を下げ、身をかがめて、床下を進むと、クモの巣がまとわりついてくる。

何とか外へ出て息をつく。

「あの――」

「話は後だ！　ついて来い！」

その男について、岩の間を抜け、山奥へと入って行く。

岩を辿って登って行くと、少し開けた場所へ出た。

「──よし、ここなら大丈夫だろう」

と、その男は息を弾ませて、「苦しいか？」

「いえ、大丈夫です……」

マリは顔にはりついたクモの巣をせっせと取って、「あなたは？」

見たところ三十歳ぐらいか。ジャンパーを着たごく普通の男性だ。

男はマリの問いには答えず、月明りの下、マリの顔をまじまじと眺めて、

「君は、あの町長の娘じゃないな」

と言った。

「佐伯美知さんのことですか」

「うん。お前みたいな子が町にいたかな」

「町の人間じゃありません。通りすがりの者です」

「そうか。それであの神社に？」

「頭を殴られて、気が付いたら、あそこに」

それを聞いて男はちょっと笑うと、

「ひどいことするんだな！」

と言った。

「教えて下さい。一体何が起ってるんですか?」

男は周囲を見回すと、

「ついて来な」

と、マリを促して、森の中へと分け入って行った。

## 4　暴力の夜

そこには、山小屋風の建物がいくつか固まって建っていた。

そして、マリが、

「こんな高い所に……」

と、びっくりしたのは、山小屋の向うに広がる、満々と水を湛《たた》えた湖だった。

「これ、自然の湖ですか?」

と、マリが訊くと、男は、

「鋭いな。いくつもの流れをせき止めて作った貯水池みたいなものだ」

と言った。「そこに水門が見えるだろ」

マリたちのいる場所からは、山小屋と、そのすぐ先の、コンクリートでできた水門が見下ろせた。

山小屋には明りが点いて、にぎやかな音楽が聞こえている。

人の騒ぐ声も。かなり酔っているようだ。

「俺は高浜《たかはま》というんだ」

と、男が言った。「この向うのK市にある工務店の三代目社長さ」

「社長さん？」

「あそこで飲んで騒いでるのも、みんな何代目かの社長たちだ。もっとも、仕事は部下任せで、遊んでばっかりって奴が多いけどな」

「その社長さんたちが何を……」

「ここんとこ金余りでね。みんなで『何に使おうか』って話になったとき、一人が言い出したんだ。この辺の山を買おう、ってな」

「山を……。材木のためですか？」

「今は、そんなことしたって、金にならない。初めは面白半分だった。あそこへ山小屋を建てて、週末は女の子を連れて好き放題してたんだ。察しがつくだろうが……」

「ドラッグとかですか」

「それもある。こんな所まで、警察は来ないしな」

と、高浜は言った。「あるとき、大雨が降って、そこにちょっとした湖ができたんだ。そして、一部が崩れて水が流れ出した。――どうなるか分るか？」

「山のふもとが……」

「ああ、下の集落が水浸しになった。ま、それほどひどくはなかったがな。それを見て、面白いことを思い付いた奴がいた」

「つまり、わざと水を貯めて……」

「そうだ。金を出し合って、あの水門を作った。そして、いい加減水が貯まったところで水門を開けた」

「じゃ、下は洪水に――」

「ああ、家が押し流されて、大変なことになったよ」

「ひどいことするんですね！」

「俺はあんまり気が進まなかったが、何しろ悪いのがいるんだ。そいつの父親が県会議員だったりするんだがな」

「それじゃ、私を『いけにえ』に差し出したのも……」

「うん。仲間内で話しているときに、思い付いたんだ。『十代の娘を一人、俺たちの所へ寄こせ』と下の〈北風町〉の集落の代表たちへ言ってやったんだ。拒んだら、水門を開ける、とね」

「そんなの……犯罪じゃないですか」

マリは唖然《あぜん》とした。

「しかし、この山は俺たちのものだ。水を貯めても誰も文句は言えない。警察だって、何しろ地元の有力者の集まりだ。訴え出る奴がいても、何やかやと言って、動こうとしない」

「これまでにも……あったんですね」

「年に一度、ちょうどこの時期だ。今年で四年目になる」

マリは息を呑んだ。

「その女の子たちは……どうなったんですか？」

「見当つくだろ」

と、高浜は言った。

「もてあそばれて……」

「逆らえないように、酒に薬を入れて酔っ払わせてな。ボロボロになって帰される。町の連中も、人目につかないように娘を遠くの療養所へ入れるんだ」

「人間なのに……」

「何だって？」

「人間でしょ。悪魔がそんなことするのなら、まだ分りますけど、人間が……」

「人間が人に力ずくで言うことを聞かせられるようになると、悪魔より性質《たち》が悪いぜ」

と、高浜は言った。

「でも――どうして私のこと、助けてくれたんですか?」

「あの佐伯って町長の娘、美知っていったな。以前、あの子がK市のイベントで踊ったことがある。俺はそのときイベントの責任者だった。あの子はまだ十歳くらいだったかな。可愛くて、いい子だった。――今年、くじで佐伯の家が選ばれたと聞いて、あんまり可哀そうでな」

「仲間を止めればいいじゃないですか! そんなひどいことさせておくなんて」

「お前には分らないさ。こういう地方都市じゃ、俺たちみたいな人間が、昔の『殿様』みたいなものなんだ。確かに、やめさせられりゃ、それに越したことはない。だが、仲間を裏切るわけにゃいかない。そんなことをしたら、俺の会社が潰《つぶ》れる」

マリにはとても理解できない。

「でも、私がいなくなって、どうなるんですか?」

「今、みんな酒を飲んで景気をつけてる。もう少し夜中になったら、あの神社へくり出すだろう」

「でも――私がいない、となったら……」

「水門を開けるだろうな」

「下の集落は……」

高浜は黙って肩をすくめた。

「そんなこと……」

マリは愕然《がくぜん》とした。「水浸しになるだけですみますか？　あれだけの水が一気に流れ落ちたら、死ぬ人だって出ますよ」

「かもしれねえな。そうなりゃ、いくら何でも警察が黙っちゃいないさ。もっとも、『事故でした』とでも言やあ、それで通るかもしれない」

そのとき、見下ろす山小屋の戸が開いて、男たちがゾロゾロ出て来るのが見えた。

「行くぞ！」

「〈山の神〉のお出ましだ！」

酔った大声が、辺りの静かな木々の間に響く。

「さあ、奴らが出かける」

と、高浜は言った。「神社に行っても、誰もいない、ってわけだ」

「どうするんですか？」

「さあな。――あいつらも、水門を開けるところまでやるかどうか。何しろ、地元の名士だ。思いとどまるかもしれない」

十人近い男たちが、明りを持って、山道を下って行く。

「下の集落へ知らせてあげて」

と、マリは言った。「万一のときのために、避難するように」

「お前も変ってるな」

と、高浜は笑って、「殴られて、神社に押し込められたのに、下の奴らのことを心配するのか？」

「だって……自分の娘さんを守りたくて、やったことなんですよ」

高浜は少しの間、マリを眺めていたが、

「待ってろ」

と言って、ケータイを取り出した。「あの町長にかけてやる」

少しして、

「もしもし。――佐伯さんか。俺は高浜だ。――ああ、分ってるんだろ、今夜がどういう夜か」

「分ってるとも」

と、佐伯が答えるのが、マリにも聞こえた。「言われた通りにしたぞ」

「そうかな？」

「どういう意味だ」

「お前の娘は、何とかいう男と隠れてるんだろ？　分ってるぜ」

「どうして……。だが、同じ年ごろの娘を置いてある。それでいいだろう」

「仲間がどう思うかな。――佐伯さん、金で話をつける気はないのか」

「そのことは、前にも聞いた。しかし、〈北風町〉に、一億なんて大金は用意できない」

「何も、今全額払えとは言わないよ。半分でも、いや三千万もありゃ、残りは待ってやる。それで俺が話をつけてやろう。あんたがさらって来た娘がどんなことになるか、分ってるだろう。金を作れば、その娘は救われるかもしれないぜ」

　高浜はマリを見ながら話していた。

「冗談はやめてくれ」

と、佐伯は言った。「どこから来たかも分らない家出娘のために、大金を出せると思うか」

「そうか。じゃ、あの娘がどうなってもいいんだな」

「どうせ、何かやらかして逃げて来たんだろう。好きにしてくれ」

「あんたの娘でなきゃいいってことだな」

「美知に手を出すのはやめてくれ！　それだけは頼む」

「分ったよ。まあ、仲間があの娘を気に入るといいがな」

「きっと気に入る。少なくとも見た目はなかなか可愛い子だ」

「あんたがそう言ってたと伝えとくよ」

高浜は通話を切ると、マリを見て、「——どうだ？　あんな奴が溺《おぼ》れ死んでも、一向に構わないだろ？」

マリは無言だった。

下の方から、騒ぐ声が聞こえて来た。

「ふざけやがって！」

という怒鳴り声。

「神社が空だってことが分って、怒ってる」

と、高浜は言った。

男たちは小屋の方へと戻って来た。

「——どうする？」

「決ってる。水門を開けて、ふもとを水浸しにしてやるのさ」

「今は満水だ。さぞ景気よく流れるだろうぜ」

笑い声が起った。

「——よし、水門を開けよう」

「三人もいりゃ充分だろう」

「洪水を高みの見物といこうじゃねえか」

誰も、「やめよう」と言う者はいなかった。

高浜は首を振って、

「こうなっちゃ、俺にも止められないいな」

と言った。

「待って」

と、マリは言った。「あの人たちを止めて」

「どうやって?」

「私がいればいいんでしょ」

「何だと?」

マリは岩の上に上ると、男たちに向って、

「私はここにいるわ!」

と、大声で言った。

男たちが、びっくりしてマリを見上げる。

「おい、気は確かか?」

と、高浜は呆《あき》れて、「佐伯みたいな奴のために、どうして——」

「人間を救うのが私の役目なんです」

と、マリは言った。「私、天使ですから」

「何だって？」

高浜が唖然とする。

マリは、岩から急な斜面を下りて行った。

「――こいつ、佐伯の娘じゃねえぞ」

と、男たちの一人が言った。

マリは男たちの前に立って、

「誰でもいいんでしょ、女の子なら」

と言った。

「おい、高浜がいるぞ。――お前がこの娘を隠してたのか？」

高浜は、マリの後から下りて来ると、

「いい加減によそう」

と言った。「これ以上やったら、みんな身の破滅だ」

「何だ、臆病《おくびょう》になったたな、急に」

「違う。大人になったんだ。俺たちも、もう目をさます時だ。――その子は、下の集落を救うために、自分から下りて来た。俺たちにそんな真似ができるか？」

「知ったことか！　俺たちの言うことを聞かないとどうなるか、下の奴らに思い知らせてやるんだ！」

「やめて！」

と、マリは叫んだ。「私を好きなようにすればいいでしょう！」

「町長の娘じゃないんだ。約束が違う」

「そうだ。水門を開けろ！」

そのときだった。

一人がハッとして、

「おい！　小屋が――」

と言った。

みんなが振り返って、愕然とした。

山小屋が燃えていた。窓を破って炎がふき出すと、火はたちまち山小屋の外側を這《は》い上って行き、じきに山小屋全体が炎に包まれてしまった。

「畜生！　あの高いワインが……」

「薬も燃えちまうぞ」

「誰がやった！」

山小屋は、正面から見るよりずっと奥行きのある建物だった。炎は猛烈な勢いで夜空に舞い上った。

そのとき、炎の明りの中を、素早く駆け抜けて行く影を、マリは見付けた。

「ポチ……。あんたね！」

「おい、引き上げよう！」

と、高浜が言った。「今さらどうしようもない」

マリは夜空を近付いて来る爆音を聞いた。

「ヘリコプターだ！」

と、一人が言った。

「火事を見て、誰かが知らせたんだ」

と、高浜は言った。「事情を聞かれる。まずいぞ」

男たちも酔いがさめてしまったようで、顔を見合せている。

「よし、山を下りよう。車の所まで——」

と、一人が言いかけたとき、派手な爆発が起って、車のドアが宙を飛んだ。

「俺のポルシェだ！　畜生！　火が飛び移ったんだ！」

ヘリコプターが頭上に来ると、男たちは一斉に駆け出して行った。

「いや、無事で良かった！」

佐伯がマリの手を握って、「君にはすまなかったと思ってるよ」

「いいえ、でも——あの人たちから、山を買い取ってはいかがですか？　今ならきっと安く売りますよ」

と、マリは言った。

佐伯は何とも返事をしなかった。

「――では、ごちそうさまでした」

マリは一礼して、佐伯の家を出た。

ポチが表で欠伸しながら待っていた。

「よくやったね」

と、マリは言った。「でも、あんた一人じゃ、あんなこと、やれなかったでしょ」

「山を登ってくのは大変だったんだぞ」

と、ポチは言って、ヒョイと脇の方へ目をやった。

立っていたのは、美知だった。

「美知さん、あなたが助けてくれたの」

「あんまり情ないから、男どもが」

と、美知は言った。「修も『放っときゃいいよ』と言ったの。これまで犠牲になった子のこと、見てるのに」

「あなたは正しいわ」

「私、高校出たら、この町から出て行く。広い世間が見たい」

と、美知は言った。「いい男もいるだろうしね」

「きっと出会えるわ」

「また会えるといいね」

美知の差し出した手を、マリはしっかりと握りしめた。

「——ところで」

と、マリは言った。「駅には、どう行けばいいの？」

# 解説

吉《よし》野《の》仁《じん》

赤川次郎による〈天使と悪魔〉シリーズ第九弾『ヴィーナスは天使にあらず』の登場だ。第八弾『天使にかける橋』と同じく短編集で、六つの物語が収録されている。今回もそれぞれの作品ごとに舞台や趣向を変えつつ、天使のマリと悪魔のポチの華やかで愉《たの》しい活躍が堪能《たんのう》できるだろう。

十六、七の女の子に見えるマリは、地上へ研修に来ている下級の天使。天国でのんびりしすぎたあまり、サボってないで人間のことを学んで来い、と人間界へ降りてきたのだ。かたや黒い犬のポチは、「成績不良」で地獄からたたき出された悪魔。たまたま同じところに出会《でくわ》せ、以来、なんとなく一緒にあちこちを旅するようになった二人である。

いくら天使と悪魔といえども、生身の人間および犬に変身したからには、お腹は空《す》くし、寝る場所も確保しなくてはならず、そのためには無一文ではどうしようもない。ちょうど前作『天使にかける橋』のなかに「天使は労働する」という短編があったとおり、天使でさえ働いて稼がなくてはならないのだ。ファンタジーなのに、そこだけはあくまで現実的というのが、いかにも赤川ミステリらしい設定なのである。

これまで〈天使と悪魔〉シリーズを読んできた方ならごぞんじのとおり、「空腹を満たす」ためにマリは新しい仕事をはじめる、というのが作品プロローグのひとつの形となっている。第二弾『天使よ盗むなかれ』では、車の前にわざと飛び込む「当たり屋」をしたり、第三弾『天使は神にあらず』では、ある新興宗教団体の総本山にて教祖様の代役を務めたり、第四弾『天使に似た人』では二十四時間営業のコンビニで働いたりと、マリは食べるためなら職業を選ばない。短編集となった『天使にかける橋』のなかでは、遊園地のハンバーガーショップの店員や、新聞社のメッセンジャーとして働いたり、ある高校二年生の女の子や富豪の孫娘の代役になったりしていた。すなわちマリは天使から女の子へと変身しただけでなく、さらに何かの職業や役割につくことが多いのだ。それが事件と遭遇するきっかけでもある。シリーズにおける大きな読みどころだろう。

ときおり仕事にありつけないまま、親切な人からごちそうになり、暮らす場所まで提供されることがあるものの、かならず何かしら事件に関わってしまう。もちろん天使の本分は、人を幸せにすることだ。だから困った人たちや事件の被害者を救おうと身を投げだしてまで行動するのは当然とはいえ、災難としかいえない目にあうこともしばしばだ。一方、悪魔のポチは、堕《お》ちた天使を一人召使にして連れて帰れば地獄に戻れるため、マリが人間を信じられなくなるようにしむけることがある。こうした動機がかさなって、思いもよらない数々の怪事件にぶつかり、マリとポチの活躍が続いていくのである。

さて、まずは第一話「ヴィーナスは天使にあらず」。マリが美術館の前で有名な画家と出会ったことから、〈ヴィーナス〉像のモデルにならないかと頼まれて、引き受けたものの、背後にはライバル画家との争いが絡み……という話だ。これまでも教祖様や富豪の孫娘などの代わりを務めてきたマリが、こんどは絵のモデル、しかもヴィーナスとして生まれたままの姿になるという本作は、シリーズの王道といえる展開にちがいない。いわばシンデレラ型変身譚《たん》。しかしそこから画家の妻と娘をめぐり、話がオカルトめいていくあたりが恐ろしくもユニークなところだ。

第二話「別れ話は黄昏《たそがれ》に」は、マリとポチが高級マンションのロビーにもぐりこんだところから物語は始まる。マリとポチの目のまえに、全裸の女性がドアから出てきて「殺される！」と助けを求めてきたばかりか、エレベーターから上半身裸でナイフをもった男が襲いかかってきた。ポチが男の足に嚙《か》みつき、さらにマリが男に体当たりして事なきを得た、……というのが冒頭の展開。じつは、その夫婦が暮らし始めた部屋は、かつて殺人のあった〈呪われた部屋〉だという。それを知ったテレビ局がワイドショーで取り上げ、マリとポチのふたりは取材に応じることになる。ところがまた新たな事件が巻き起こって……。今回は、とくにポチの活躍ぶりが目立つため、彼（？）のファンには嬉《うれ》しいところだろう。

第三話「天使の身替りをさがして」は、またしても人の代役を請けおう展開ながら、なんとマリが死体になるという話だ。じつは刑事物のTVドラマのロケ中、スタント役の女性が怪我をして来られず、急いでその代役が必要となったことからマリにその役がふられたのだ。ところが、いざ死体として川岸に浮かんでいたマリが目にしたのは思いもよらないものだった。そこから、あるギャング組織の会計係をしていた男をめぐる事件が明るみに出て、マリはその男の隠し子だという疑いばかりか、犯罪者扱いまでされることになった。いささか残念な役ばかりがまわってくるマリだが、すべて事件を解決した後は美味《おい》しい食事にありつけ、すべてめでたしといったところである。

第四話「長いライバル」は、何ごとも競い合うご近所サラリーマンたちの物語だ。マリとポチとは動物病院で知り合った縁で、神田《かんだ》と栗山《くりやま》という二人の家にそれぞれやっかいになることになった。神田の娘かなえに誘われ、〈モーターショー〉のイベントにやってきたマリとポチは、そこで神田と栗山の二人が互いにライバル視して競い合う理由を知ることになる。さらにCMに出ているスター、パティ・鈴木《すずき》が危機一髪となる出来事が起きるのに加え、秘密にされていた家庭の問題が暴かれていく。今回、第一話からライバル同士の争いにマリとポチが巻き込まれることが多いようだ。

第五話「失われた王者」は、男子百メートル競走の日本代表選手が登場する話だ。これまたライバル同士の戦いが繰りひろげられるものの、マリもまた鰻重《うなじゅう》をめぐって日本一の選手と競走するという、とんでもない事態が冒頭から展開していく。こういう突拍子もない話が語られていくのは赤川次郎作品ならではの面白さである。また広告代理店の男が登場し、スポーツ選手とCMの関係が語られたり、政治家のスキャンダルが絡んでくるなど、物語のなかに現代的な社会問題が取り上げられているところにも注目だ。作中、〈それでも、マリにはスポーツがあまりに「商売」になり過ぎていると思えてならない〉という言葉が書かれており、とても印象に残った。作者はオリンピックで巨額の金が動くことへの批判をしっかりとこの物語のなかで指摘していたのだ。

最後に収録の第六話は「悪魔が夜来る」。無賃乗車で車掌から追い出されたマリとポチは、親切な町長に助けられた。だが、山奥深くへ行ったところにある古びた山小屋で待ち受けていたのは、悪魔よりも性質《たち》の悪い連中だった……。地方の狭い村社会における大がかりな悪だくみが題材になっている。

以上、全六作、それぞれに作者らしい世界観とユーモア精神によるミステリが愉しめたことだろう。

さて、〈天使と悪魔〉のシリーズは、本作が第九弾だが、すでに最新作、第十弾『天使に賭けた命』が刊行されている。「小説野性時代」二〇一九年十二月号から二〇二〇年十一月号までに掲載された、六編の短編を収録した単行本だ。湖の底に眠る金塊をめぐる話、ある〈小箱〉を運ぶことになったマリたちが、人相の悪い男たちに追いかけられる話、失《しっ》踪《そう》した父親を探そうとする少女を助けたことから始まる話、マリが病院で受けた検査の結果を聞きに行くまでの二時間をたどる波瀾万丈《はらんばんじょう》な話、ギャング映画に毎日通い詰める女の子と知り合った話、マリがある女優の代役を務めることになった話、……と本作に劣らずバラエティに富んだ六作が並んでいる。マリとポチの魅力をあらためて感じさせる物語ばかりだ。ぜひこちらも愉しんでいただきたい。

本書は、二〇一九年八月に小社より刊行された単行本を文庫化したものです。

ヴィーナスは天使《てんし》にあらず

赤川次郎《あかがわじろう》

令和3年 9月25日 初版発行

発行者●堀内大示

発行●株式会社KADOKAWA
〒102-8177 東京都千代田区富士見2-13-3
電話 0570-002-301(ナビダイヤル)

角川文庫 22820

印刷所●株式会社暁印刷
製本所●本間製本株式会社

表紙画●和田三造



●お問い合わせ
https://www.kadokawa.co.jp/ (「お問い合わせ」へお進みください)
※内容によっては、お答えできない場合があります。
※サポートは日本国内のみとさせていただきます。
※Japanese text only


ISBN 978-4-04-111323-3 C0193

◇◇◇

# 角川文庫発刊に際して

角　川　源　義

第二次世界大戦の敗北は、軍事力の敗北であった以上に、私たちの若い文化力の敗退であった。私たちの文化が戦争に対して如何に無力であり、単なるあだ花に過ぎなかったかを、私たちは身を以て体験し痛感した。西洋近代文化の摂取にとって、明治以後八十年の歳月は決して短かすぎたとは言えない。にもかかわらず、近代文化の伝統を確立し、自由な批判と柔軟な良識に富む文化層として自らを形成することに私たちは失敗して来た。そしてこれは、各層への文化の普及滲透を任務とする出版人の責任でもあった。

一九四五年以来、私たちは再び振出しに戻り、第一歩から踏み出すことを余儀なくされた。これは大きな不幸ではあるが、反面、これまでの混沌・未熟・歪曲の中にあった我が国の文化に秩序と確たる基礎を齎らすためには絶好の機会でもある。角川書店は、このような祖国の文化的危機にあたり、微力をも顧みず再建の礎石たるべき抱負と決意とをもって出発したが、ここに創立以来の念願を果すべく角川文庫を発刊する。これまで刊行されたあらゆる全集叢書文庫類の長所と短所とを検討し、古今東西の不朽の典籍を、良心的編集のもとに、廉価に、そして書架にふさわしい美本として、多くのひとびとに提供しようとする。しかし私たちは徒らに百科全書的な知識のジレッタントを作ることを目的とせず、あくまで祖国の文化に秩序と再建への道を示し、この文庫を角川書店の栄ある事業として、今後永久に継続発展せしめ、学芸と教養との殿堂として大成せんことを期したい。多くの読書子の愛情ある忠言と支持とによって、この希望と抱負とを完遂せしめられんことを願う。

一九四九年五月三日